KB015238

| 시서화詩書畵로 쓴 전규호 에세이 제3집 |

행복의 씨앗

全圭鎬 著

明文堂

권두언

옛적 중국 송나라의 대철인 정명도 선생은 〈추일우성秋日偶成〉 시에서, "만물을 살펴보니 나름대로 삶 즐기어, 사계절의 아름다운 흥취가 사람과 똑같구나.〔萬物靜觀皆自得, 四時佳興與人同.〕" 라고 하였다.

이는 우리가 생각하기에 미물이라 여기는 초목도 사계절을 통하여 자신의 삶을 즐김이 사람과 똑같다는 말씀이니, 만물의 영장인 사람만이 흥이 나면 즐겁고 화가 나면 분통이 터지는 것이 아니고, 만물도 모두 사람과 똑같다는 말씀이다.

1914년 봄에 도서출판 명문당의 김동구 사장의 에세이 청탁을 받고 처음에는 위의 정명도 선생처럼 생명이 숨 쉬는 공간 지구에서 생기는 자연의 현상을 에세이로 써 보려고 많은 작품을 채웠으나, 마침내 끝까지 다 채우지 못하고 '착하게 산 집안에는 반드시 집안이 잘 된다.' 는 공자의 말씀을 따라서 우리 주변에서 일어나는 착하게 산 사람들의 이야기를 추가하였으며, 춘하추동 사계에서 생기는 작품을 적정하게 배분하여 비로소 한 권의 에세이집을 채우게 되었다.

생기 넘치는 봄에 시작하여 무더운 여름을 거쳐 풍성한 가을과 북풍한설에 앙상한 나목만이 가냘프게 떨고 있는 겨울에 이르기까지의 작품이므로, 이도 또한 순환의 원칙 속에서 둥그런 원을 그리는 세상의 이치를 하나하나 잡아내려고 노력한 것이니, 이는 오면 가고, 가면 오는 천리天理를 넣으려는 필자의 생각이었다.

에세이를 쓰면서 가능하면 쉽게 쓰려고 많은 노력을 기울이면서 주위에 있는 여러 사람들에게 작품의 품평과 난이難易의 정도를 물어보았으니, 이는 가능하면 독자의 독서와 이해에 많은 편의를 제공하고픈 필자의 노력이었다.

2015년 1월 26일

서울 낙원동 순성재에서

홍산鴻山 전규호全圭鎬 쓰다.

차례

01
우리 집 예찬

풍수지리에서는 우리가 사는 집을 양택陽宅이라 하고 죽어서 들어가는 묘지를 음택陰宅이라 하여, 이 둘을 합하여 음양의 집이라 하니, 사람이 살아서는 양택, 즉 집을 짓고 살고, 죽으면 음택인 묘지로 들어가는 것이다.

사람이 이 세상에 태어나면 이 세상의 일이 제일 중요한 것이다. 어떤 사람은 죽어서 가는 저 세상을 미리 준비해야 한다고 하면서 이 세상의 일을 소홀히 여기고 저 세상의 일에 너무 많은 시간을 할애하는 사람을 보게 되는데, 이는 세상을 역逆으로 사는 사람으로, 이 세상의 생활이 혹 불행하게 되는 경우를 종종 본다. 이는 사고의 차이로 매우 안타까운 일이다.

《논어》에 보면, 공자의 제자인 자로子路가 "죽음에 대하여 물으니, 공자가 대답하기를, 우리가 살아가는 세상도 모르는데, 어찌 사후死後의 세상을 알겠는가! 敢問死 曰未知生 焉知死" 고 대답하였다고 기록되어 있다.

그러므로 어느 누구도 가보지 못한 죽음의 세계를 위해서 이 세상의 삶을 포기할 수는 더욱 없는 것이고, 행여 죽음과 미래를 준비한다고 하면, 이 세상을 살면서 이타利他의 목표를 가지고 항상 세상에 도움이 되는 생활, 즉 남에게 이익을 주는 사람으로 살아가는 것이 중요한 것이니, 이러한 삶을 덕德을 쌓는다고 말하고, 그리고 단군조선의 건국이념인 '홍익인간弘益人間' 이 이타利他의 정신을 말한 것이다.

폐일언하고 속언에 "거꾸로 가도 이 세상이 좋다." 고 말하지 않는가! 그러므로 사람은 우리가 살아가는 이 세상에서 잘 살아야 하고 또한 자손도 잘 되어야 하는 것이니, 우선 본인이 이 세상에서 잘 살려면, 배산임수背山臨水, 즉 뒤에는 산이 있고 앞에는 내가 흐르는 곳을 말하니, 이런 곳에 집을 짓고 살아야 하는 것이다.

요즘 우리나라는 옛적 시골의 집과는 많이 달라졌으니, 도회지에 사는 사람들은 거의 아파트를 사서 그곳에 입주하여 살아간다. 그렇기에 내가 내 집을 지어서 사는 경우는 아주 적다고 봐야 한다. 그렇다면 배산임수背山臨水가 잘 짜여지고 주위환경이 좋은 아파트를 사서 살아야하는데, 학생이 있는 사람은 학군이 좋은 곳에서 살아야 하고 회사에 출근을 하는 사람은 교통여건이 좋은 곳에서 살아야 하는 것이다.

필자는 67년을 살았는데, 지금까지 살던 집 가운데에 요즘 살고 있는 집이 제일 좋은 집인 것 같다. 왜냐면 산자락을 깎아내어 지은 아파트이기 때문에 이른 아침이면 산새들이 숲에서 조잘거리고 그리고 싱그러운 숲의 기운이 들어와서 좋다. 또한 이른 아침이면 어김없이 붉은 해가 앞산을 넘어와서 서기瑞氣를 토하며 밝은 하루를 약속한다.

3월이 오면 아파트 주위에는 온통 벚꽃으로 밝게 빛나고, 4월이 되면 수림의 싱그러운 새싹이 반짝이며, 5월이 되면 아카시아 꽃이 만발하여 진한 꿀 향기를 뿜어내고, 6월이 되면 밤꽃의 진한 향기를 맞이한다. 7, 8월이 되면 울창한 녹음이 맑은 공기를 선사하며 9, 10월이 되면 붉은 열매와 단풍이 집 주위를 둘러싼다. 그리고 겨울이 오면 나목裸木의 꿋꿋함과 하얀 눈의 설경을 선사하니, 이보다 더 좋은 집이 어디 있겠는가!

거실에 앉아있으면 창문 정면으로 수락산의 발곡봉이 들어오고 뒤에는 도봉산이 멀리 보이며, 바로 옆의 동네는 시골마을로, 간간히 지은 집에는 나무가 울창해서 한 폭의 그림 같은 시골풍경이 정겹기 그지없다. 그러므로 건강을 위해서 뒷산을 오르기도 편리하고 그리고 조금 걸어가면 중랑천이 흐르므로 물이 있어서 좋은데, 그 물속에는 잉어가 활개를 치고 물 위에는 청동오리가 둥둥 떠다니면서 한가히 노닌다.

사람들은 중랑천 변에 있는 운동하는 길을 따라가며 걷기도 하고 자전거도 타면서 운동을 한다. 의정부시에서는 천변 이곳 저곳에 작은 공원을 만들어놓고 각종 운동기구들을 설치하여 놓아서 이곳에서 간단히 운동하기에 아주 좋고, 그리고 길가에는 가로등이 있어서 밤에도 운동을 할 수가 있으니, 초저녁에도 나와서 운동을 하고 늦은 밤에도 나와서 시원한 공기를 마시면서 운동을 한다.

집에서 나와 걸어서 도봉산도 오르고 수락산도 오르며, 걸러서 개천을 따라 마음껏 운동을 할 수 있는 곳, 여기에 더하여 집의 거실에 앉아있어도 산속에 있는 것 같이 산을 품고 있으니, 집에 있으면 시심詩心이 발동하여 시를 쓰기도 하고 수필을 쓰기도 하며 앞뒤의 문을 열면 시원한 바람이 더위를 식히니 뭐하나 부족한 것이 없다.

또한 조금 걸어가면 1호선 전철과 의정부 경전철이 있어서 사무실에 왕복하기 그만인데, 특히 노인은 전철이 무료이니, 이도 또한 좋은 것이다. 아무래도 우리 집이 이 세상에서 제일 좋은 집일 것이다.

숲 속에 지은 집
이른 새벽
새들 노래하고
이른 봄
꽃향기 들어오네.

정면에는
수락산 발곡봉
뒷면에는
사패산이 푸른데

앞내엔
잉어가 유영하고
물 위에는
청동오리 한가로워

활기찬 시민들
걷기도 하고
자전거 타면서
운동도 한다네.

02
건강하고 행복한 하루를

필자는 48년생이니, 만으로 66세이고 우리 나이로는 67세이다. 옛날 같으면 환갑을 넘긴지 오래인 노인에 해당하나, 요즘 세상처럼 장수하는 사회에서는 노인 측에 들지도 못하는 어린 노인이다.

아침 5시에 일어나서 등산복을 차려입고 스틱(지팡이)을 짚고 뒷산(수락산)으로 향하여 올라간다. 중간쯤 올라가면 약수가 나오는데, 여기까지가 3,500보 정도 된다. 이곳에서 약수를 마시고 약간의 운동을 한 뒤에 집으로 내려오면 약 7,000보를 걸은 셈이다. 가파른 산을 오르면 아무리 추운 겨울이라도 땀에 흠뻑 젖는다.

조반을 먹은 뒤 8시 20분 정도에 회룡역까지 걸어 나와서 전철을 타고 서울 종로3가역에 내려서 낙원동에 있는 사무실에 오면 9시 30분이 된다.

사무실에서 약간의 한문번역과 서예를 쓰고 그리고 약간의 글을 쓴 다음 오후 5시에 사무실을 나와서 다시 전철을 타고 집으로 돌아가면 6시 20분 정도가 된다. 저녁을 먹은 뒤에 드라마 한 편을 보고 다시 나와서 운동을 1시간 정도 하고 집에 돌아가면, 차고 있는 만보기는 17,000보 정도를 가리킨다. 이후 거실에서 1시간 정도 텔레비전을 보다가 잔다. 이것이 나의 하루 일과다.

보건복지부에서 시행하는 노인이 안마를 받을 수 있는 제도인 '바우처 사업' 의 혜택을 받아서 1달에 4번씩 안마서비스를 받는다. 이는 1회 5만원 하는 안마를 3,000원만 본인이 부담하고 받는 서비스로, 필자는 경추디스크를 앓고 있으므로 이용할 수 있는 해당자가 되어서 지금까지 2년간 계속 받고 있으니, 이도 또한 국가의 혜택을 받고 있는 셈이다. 의료보험도 아들의 명의로 되어있으므로, 돈은 한 푼도 내지 않고 노인이 지급해야 하는 약간의 돈만 내면 병의원을 마음대로 이용할 수가 있다.

사실 필자는 충남 부여의 한 시골에서 출생했는데, 그때는 모든 가정이 다 재정이 허약해서 몸이 아파도 병원이나 의원 한 번 가보지 못하였다. 기껏해야 약방에서 약을 사먹고 한약방에서 한약 몇 첩 지어 와서 달여먹는 것이 전부였으니, 지금의 생활은 어렸을 때에 비하여 천국에서 생활하는 것과 다름없는 만족한 생활이다.

요즘 젊은 사람들의 삶을 살펴보면 아낄 줄을 모른다. 아파트 쓰레기통에 이따금 먹을 수 있는 음식을 아무 거리낌 없이 버리는 것을 볼 수가 있다. 일례로, 이른 봄에 누가 싹이 튼 생생한 감자를 버렸기에 필자가 그것을 가져다가 주말농장에 심었는데, 씨가 잘 서고 잘 자라서 많은 수확을 한 경험이 있다.

필자가 어렸을 때에는 세수하는 물도 너무 많이 떠서 세수하지 말라고 할머니께서 말씀하셨으니, '너무 많은 물을 떠서 세수하면 죽어서 염라대왕이 그 물을 마시게 한다.' 고 가르쳤다. 이는 우리 민족이 예부터 자원을 아껴 쓰는 것을 가르친 말씀으로 안다. 그리고 6.25 전쟁 중에는 먹을 것이 없어서 쉰밥도 맑은 물에 빨아서 먹었다고 하니, 그때의 비참함은 말로 다하지 못한다.

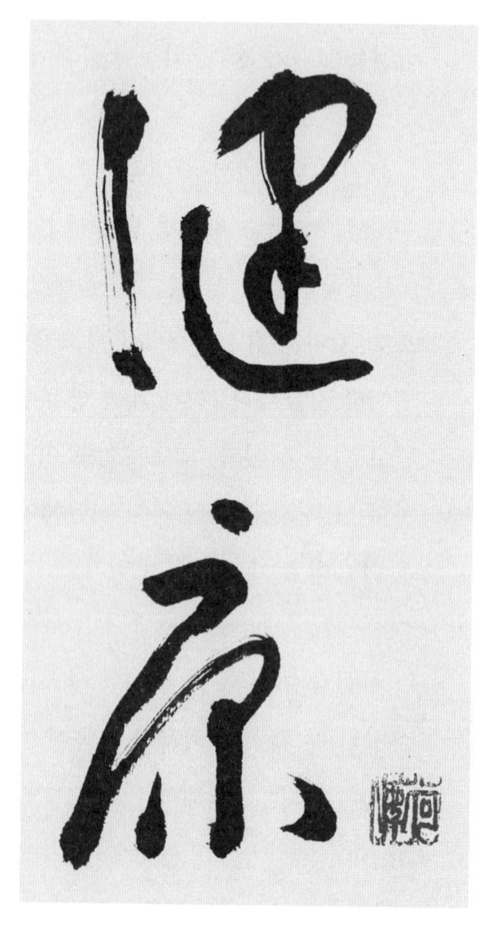

필자가 라면을 처음 먹었을 때가 바로 손위의 형이 군에서 휴가 오면서 가져온 라면을 먹은 것이 처음이니, 아마 1966년쯤이 될 것

이다. 이 라면이 얼마나 맛이 있던지 계속 먹고 싶었던 심정을 오늘날에도 잊지를 못한다.

그러므로 라면이 우리나라의 보릿고개를 넘기는데 한몫을 한 것은 사실이다. 그때는 짜니 싱거우니 하고 말하는 것 자체가 사치였으니, 사실 그때는 모두 먹는 음식이 부실해서 모든 국민이 기름기가 부족한 시절이었으므로, 기름기가 많은 라면을 먹으니 몸에서 잘 받았을 것은 불문가지이다. 그때의 라면이 지금의 쇠고기보다도 더욱 맛이 있었다고 해도 거짓말이 되지 않는다.

현재 우리 대한민국 국민의 생활은 가히 세계 어느 나라에 비교해도 떨어지지 않는다. 미국 같은 경제대국도 치안이 좋지 않아서 밤에는 마음 놓고 돌아다니기가 어렵다고 말한다. 그러나 우리나라는 밤새 돌아다녀도 시비是非거는 사람 하나 없는 나라이니, 이것이 좋고, 잔돈 1,000원만 주면 막걸리도 1병을 사고, 소주도 1병을 살 수가 있으니, 돈 1,000원에 취할 수 있는 나라가 우리나라이다.

그렇다고 밥이 없어서 굶는 사람이 있는가! 집이 없어서 자지 못하는 사람이 있는가! 자유가 없어서 할 말 못하는 자가 있는가! 기본적인 행복은 모두 갖추어져 있는데, 행복을 너무 높은 곳에서 찾으니, 나만 불행하고 나만 슬픈 것이 아닌가!

하늘이
큰일을 맡기려 하면

먼저 그를
곤궁하고 피곤하게 하며
하는 일에도
많은 시련을 준다고
맹자는 말씀했지.

행복의 파랑새는
어디에 있는가!
멀리 있는가!
가까이 있는가!

바로 행복은
그대 마음속에 있으니
먼 곳에 가서
헤매지 말지라.

03
시, 서, 화〔詩書畵〕 삼절三絶 이야기

시서화詩書畵 삼절三絶이란 말은 한 사람이 시詩도 잘 쓰고 서예도 잘하고 그림도 잘 그리는 것을 말하니, 이 사상은 중국의 남북조시대 남조의 귀족사회에서 싹터서 후세에 계승되었다. 기록에 의한 예를 들자면, 성당盛唐(8세기 전반)기 정건鄭虔을 삼절작가라 전한다.

시, 서, 화 삼절이 가장 높게 숭상된 것은 북송 중기(11세기 후반)의 사인(士人, 文人) 중에 소식蘇軾의 '시중화詩中畫, 화중시畫中詩'란 말이 나타내는 시화일치론과 서・화를 같은 근원으로 하는 서화일치론에 배경을 둔다. 회화를 시・서와 동등하게 취급하는 뜻에서 삼자를 일체화하여 인간성을 표현함을 이상으로 한다. 북송에서는 소식・미불米芾 등을 대표로 하고, 금대의 사대부로 계승되어 문인화 융성의 근원이 됐다.

삼절三絶이란 세 가지가 절륜絶倫하다는 말로, 즉 문인이 여가로 하는 취미 중에서 가장 고급스러운 기예, 즉 시와 붓글씨와 그림을 뛰어나게 잘 한다는 말이니, 조선에서는 신잠申潛, 강희안姜希顔, 신위申緯, 강세황姜世晃, 김정희金正喜, 조희룡趙熙龍 등 많은 작가들이 있다. 이런 삼절작가라는 명칭은 남이 붙여주는 명예로운 이름이다.

몇 년 전에 진ㅇ숙이라는 문인화가가 자칭 '삼절작가'라 선전하면서, 도록의 표지에 '삼절작가 진ㅇ숙'이라 하고 전시하는 것을 보고 필자가 쓴웃음을 진 일이 있으니, 아무리 현대는 자기 PR시대라지만 어떻게 자기가 자신을 삼절작가로 부르는가! 아마도 이런 사람은 고전을 많이 읽지 않은 교양이 없고 몰염치한 사람이 아닌가 생각한다.

필자는 어려서 한문 사서삼경을 배우고 서울에 와서 직장에 다니면서 여초 김응현 선생님께 서예를 다년간 배웠으며, 문인화는 의제 허백년 선생의 제자인 오우선 화백께 배웠고, 그리고 2014년 봄에 한시집을 명문당에서 문고판으로 출판했으며, 지금은 동양화를 성균관대학교 최성훈 교수께 배우는데 매우 재미가 있다.

예부터 환갑이 넘으면 남에게 나가서 공부하지 않는다는 말이 있다. 그러나 현대는 100세 시대로, 예전에 두보가 노래한 "인생칠십고래희人生七十古來稀"라 하여, 사람으로 70살을 사는 사람을 보기

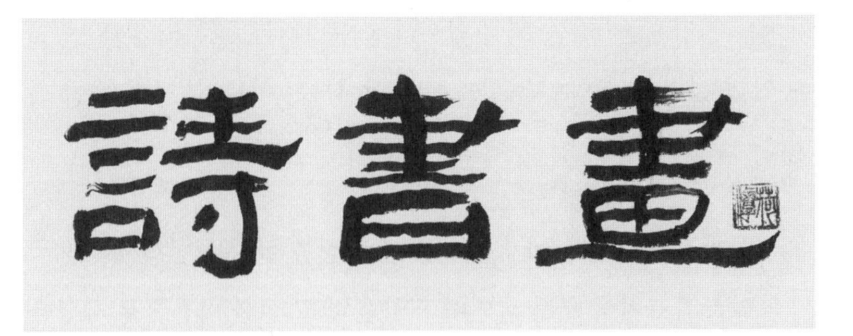

어렵다고 한 시대와는 판연히 다른 시대에 사니, 필자 나이 67세이지만 부끄러움 없이 배우려고 열심히 하고 있다.

현대사회는 옛날과 달리 춤과 노래, 미녀의 벗은 모습 등 말초신경을 자극하는 기예에 열광하므로, 그쪽에서 활동하는 사람은 유명세를 타고 돈도 많이 벌지만, 이는 타고난 미모와 소질이 있어야 가능한 직업이고, 그리고 사람들의 마음속 깊은 곳까지 아름답게 하지는 못한다. 그러나 시서화詩書畵는 비록 말초신경을 자극하지는 못하지만, 마음과 정신을 은근히 맑고 아름답게 만드는 마법이 숨어나는 예술이므로, 예부터 수천 년을 내려오면서 사람들이 좋아하고 숭앙했던 것이다.

그러므로 경치가 좋은 곳의 정자에 써 붙인 현판은 누가 보아도 아름다운 글씨이고, 가정이나 회사 등 건물 안에 붙여놓은 서화는 그 공간을 한순간에 아름답게 만드는 마술같은 힘이 있는 것이다. 그리고 시詩는 예부터 사람의 마음을 편안하게 만드는 문학으로, 유가에는 시경詩經이라는 책이 있으니, 이는 지금으로부터 3000년 전에 있던 책으로, 교양인을 만드는데 없어서는 안 될 귀중한 책인 것이다.

이렇게 사람의 내면에 있는 마음과 정신을 살찌우는 시서화를 국가적으로 가르쳐서 모든 국민이 교양을 쌓고 선한 마음으로 세상을 살아야 나라도 잘 되고 개인도 잘 되는 것이다.

시는
마음을 살찌우고
서화는
안복을 누리게 한다.

거실과 방 벽에
회사의 근무공간에
정부의 공무공간에
시서화 써서 붙이면

공간은 화평하고
마음도 화평하며
정신은 맑아지고
능률이 오른다.

왜인가!
말초신경 자극하지 않아서
정신과 체력
분산되지 않기 때문이다.

04
착한 삶은 행복의 씨앗

세상을 살아가는 데는 궁금한 것이 하나둘이 아니다. 지금 막 공부하는 사람은 그 배운 학문으로 좋은 직장을 얻어서 입신출세하는 것이 가장 중요한 것이고, 시험을 앞둔 사람은 과연 시험에 합격할 것인지를 궁금해 할 것이며, 사업을 시작하는 사람은 과연 이 사업이 날로 번창하여 돈을 많이 벌고 성공할 것인가가 궁금할 것이다.

그러나 이 세상은 지극히 험난하여 내가 마음먹은 대로 되지 않는다. 학교에서 공부할 때는 누구나 하늘의 별이라도 딸 듯이 용기가 충천하지만, 막상 세상에 부딪쳐보면 일이 제대로 되지 않아서 실망한 끝에 움츠러들어서 한없이 왜소해지는 것이 우리네 인생사가 아닌가!

그러면 어떻게 해야 나도 남들처럼 입신양명立身揚名하고 부귀영화富貴榮華를 누릴 수가 있는가! 이렇게 되는 것이 모든 사람들의 소망인데, 이를 '운명이려니' 하고 일찍이 운명론에 맡기고 자포자기自暴自棄한다면 너무 슬픈 이야기가 된다.

그러나 포기할 필요는 없다. 옛적에 원황袁黃이라는 사람이 있으니, 임진왜란 때에 명군의 고문관으로 이여송과 같이 조선에 와서 우리나라를 도운 사람인데, 이가 유불선儒佛仙의 학문을 두루 섭렵하여 통달한 뒤에 "요범사훈了凡四訓"이라는 책을 썼는데, 이 책에서 '운명을 뛰어넘는 길'을 제시하였으니, 이 책을 보고 그대로 행하면 누구나 입신양명하고 부귀영화도 누리게 된다.

우선 본인이 입신양명하고 자손들이 현달하려면, 한마디로 말해서 '선행善行'을 행하여 많은 사람에게 적선積善을 해야 한다는 것이다. 그 책 속에는 다양한 선행의 종류와 선행의 점수 등을 제시하였으니, 어떤 선행은 1점짜리인가 하면, 어떤 선행은 100점을 넘어

3,000점이 되는 선행이 있다. 일례로 우리가 잘 아는 방생放生은 한 번에 1점짜리인가 하면, 죽을 사람을 구해주는 선행은 100점짜리이다. 이렇게 선행의 등급을 매긴 것이 특이하다. 그러면 옛날 어떤 사람의 선행을 아래에 소개한다.

옛적 종리권鍾離權[1]이라는 도인이 도가道家의 단법丹法을 여조(呂祖 : 여동빈)[2]한테 전해주면서 무쇠〔鐵〕에 손을 대면 황금으로 변하게 하는 도술道術이 있는데, 이것으로 세상을 제도濟度할 수 있다고 가르쳤다. 이에 여조가 물었다.

"끝내 쇠로 안 변하고 금으로 남아 있습니까!"

이에 종리권이 대답했다.

"500년 뒤에는 본래 모습〔쇠〕으로 되돌아갈 것이다."

그러자 여조는 그 도술을 거절했다.

"만약 그렇다면, 500년 뒤에 가짜 황금을 가지고 있을 사람을 해치는 셈이 아닙니까! 그런 도술이라면 나는 원하지 않습니다."

이에 종리권이 여조를 극구 칭찬하면서,

1 종리권鍾離權 : 당나라 사람. 호는 화곡자和谷子, 또는 진양자眞陽子, 또는 운방선생雲房先生. 기골이 기이하고 신장이 8척尺이 넘었으며, 노인老人을 만나 선결仙訣을 받았고, 또 화양진인華陽眞人과 상선上仙 왕현보王玄甫를 만나 도를 얻은 다음 공동산崆峒山으로 들어가 신선이 되었다고 한다.

2 여동빈 : 당唐나라 경조京兆 사람. 이름은 암嵒 또는 암巖이며, 동빈洞賓은 그의 자이다. 함통咸通 연간에 급제하여 현령縣令을 지냈으나 황소黃巢의 난으로 행방이 묘연하였는데, 별호別號를 순양자純陽子 혹은 회도인回道人이라고도 하였다. 속칭俗稱 팔선八仙의 하나로서 관서일인關西逸人이라 칭하였으며 100여 살이 되어도 동안童顔이었고 걸음을 걸으면 경각에 수백 리를 갔다고 한다.

"도가의 도를 완전히 닦아 신선이 되려면 3천 가지 공덕을 쌓아야 하는데, 너는 지금 이 말 한 마디로 3천 가지 공덕의 수행이 완전히 찼다."

고 하였다. 이는 도인道人끼리의 이야기이니, 이번에는 일반인이 경험한 선행의 결과를 소개한다.

소사(少師 : 관직명)인 양영楊榮[3]은 중국 복건성 건녕 사람인데, 그 집안은 대대로 뱃사공으로 강가에서 왕래하는 길손들을 건네주는 일을 해왔다. 한번은 비가 많이 와서 강물이 불어 넘쳐서 마침내 제방이 무너져서 민가가 온통 물에 잠겼다.

물에 빠져 죽은 사람들이 물살을 따라 하류로 떠내려 오자, 다른 배의 주인들은 모두 떠내려 오는 재물만 건지느라 정신이 없는데, 오직 양소사의 증조曾祖와 조부祖父만은 사람을 구하는데 힘쓰고 재물은 하나도 건지지 않았다. 그래서 동네사람들이 그들을 비웃었다. 그러나 소사의 아버지가 태어날 때에 이르자 집안이 점점 부유해졌다. 어떤 신선이 도인으로 변화하여 그 아버지에게 알려주었다.

"그대 할아버지와 아버지께서 음덕陰德을 많이 쌓아서 자손들이

3 양영楊榮(1371~1440) : 명나라 건문제 때에 진사가 되고, 영락제 때 문연각文淵閣에 들어갔다. 지략이 뛰어나고 과단성이 있어서 성조成祖의 총애를 받았다. 여러 차례 황제의 북방 순행을 수행했으며 문연각 태학사에까지 이르렀다. 인종仁宗, 선종宣宗, 영종英宗 초년까지 계속 조정에서 정치를 보살폈으며, 영종 즉위 후에는 양사기楊士奇, 양부楊溥와 함께 삼양三楊으로 일컬어졌다. 《북정기北征記와 양문민집楊文敏集》이 있다.

틀림없이 부귀영달을 누릴 것이니, 어느 곳에 묘지를 쓰는 것이 좋겠소."

마침내 그가 가르쳐준 곳에 묘를 썼는데, 바로 지금의 백토분白土墳이다. 그 뒤에 소사少師를 낳았는데, 스무 살의 약관弱冠에 과거에 급제했다. 그리고 그 지위가 삼공에까지 이르렀고 삼대三代의 조상이 관직에 추증追贈이 되었으며 그 자손들이 몹시 부귀하고 홍성하여 지금도 유명한 자가 많다.(운명을 뛰어넘는 길에서)

필자의 일화를 소개하면, 필자는 64세에 대학원에 진학하였는데, 당시에도 생활이 그렇게 넉넉한 편은 아니었다. 그러나 자식들 모두 대학까지 공부시키어 결혼한 뒤에 분가시켰으니, 이제는 약간의 금액이라도 자선단체에 희사를 하자고 마음먹고 실행에 옮겼다. 자선하는 회사의 말에 의하면 '한 달 3만원을 희사하면 못사는 나라의 어린이 35명에게 영양을 공급하여 죽을 수밖에 없는 어린이를 구한다.' 고 하였다.

그 뒤에 필자가 하는 번역원의 일이 잘 되었는데, 한 건의 일이 끝나면 곧바로 또 한 건의 일이 들어와서 연속적으로 일을 하였으므로, 대학원을 무사히 졸업하였고 약간의 저축도 할 수가 있었으니, 이는 바로 착한 일의 뒤끝이 좋다는 것을 단적으로 보여주는 것이다. 그러므로 필자는 지금도 금액을 더 늘려서 자선단체에 희사를 한다. 이는 모두 "요범사훈了凡四訓"의 가르침 덕분이다.

원황袁黃은 원래 공씨孔氏라는 역술가를 만났는데, 그가 앞날을 봐준 예언이 딱 들어맞는 것을 보고 운명론에 사로잡혀서 더 이상 발전할 수 없다고 자포자기한 상태였는데, 운곡선사라는 대선사를 만나서 "범부凡夫는 음양오행의 운명론에 사로잡히지만, 대인大人은 운명을 뛰어넘을 수 있다." 라는 말을 듣고 선사의 말대로 공과격功過格[4]을 만들어서 하루하루 선행을 쌓아서 결국에는 운명을 뛰어넘었다고 한다.

그러면 운명을 뛰어넘는 길은 무엇인가. 자세한 내용은 "요범사훈了凡四訓" 이라는 책에 쓰여 있으니, 이곳에서는 요약해서 간략하게 말하려고 한다. 그 내용인즉, 일생을 통하여 "선행을 쌓는 것과 정성된 마음과 공경하는 마음을 갖는 것, 그리고 겸손한 마음을 갖는 것" 이니, '일생을 통한 선행' 은 공자께서 주역 곤괘에서 말씀한 "덕을 많이 쌓은 집안에 반드시 남은 경사慶事가 있다.〔積德之家必有餘慶.〕" 라는 말씀에 부합하고, '정성된 마음과 공경하는 마음〔誠敬〕을 갖는 것' 은 대학大學의 요지이니, 선비가 항상 지녀야 할 마음이 곧 성경誠敬이며, '겸손한 마음을 갖는 것' 은 《주역》의 겸괘謙卦에서 따온 것으로, 산山이 아래에 있고 땅이 위에 있는 상象으로, 땅 위로 치솟아 뽐내고 있어야 할 산이 평평한 땅속으로 몸을 낮춘 것

4 공과격 : 중국에서, 민중 도덕의 실천을 권장하는 권선징악적勸善懲惡的인 일련의 서적. 일상생활에서 매일매일 이 책이 가르치는 선善인 공功과 악惡이 되는 과過의 도덕률, 곧 격格에 따라 처신하라고 하였다. 명나라 때 이후 일반 민중 사이에서 상당히 보급되었으니, 이곳의 본 뜻은 선악의 행위의 도표로 선행을 하면 선행에 표시하고, 악행은 악행에 표시하는 방식의 표이다.

을 말하니, 잘난 체하지 말고 겸손해야 복을 받는다는 것을 말한다.

불교에서도 "자비慈悲한 마음"을 내세우니, 나보다 어려운 사람을 도와주고 보상을 바라지 않는 이타행利他行을 한다면 복을 받는다고 하고, 유학儒學에서는 주역곤괘에서 "덕을 많이 쌓은 집안에 반드시 남은 경사慶事가 있다.〔積德之家, 必有餘慶.〕"라고 하여, 선善한 행위를 많이 쌓으면 앞날이 잘되고 자손도 잘된다. 라고 하였다. 도교에서도 "선행을 한 사람이 죽어서 저승에 갔는데, 저승에는 많은 사람들이 사는 집이 즐비하게 많았다. 작은 집도 있고 큰 집도 있는데, 모두 죽은 자의 명패가 붙어 있었으니, 살아서 선행을 많이 한 자는 큰 집에 명패가 있고, 악행을 한 사람의 집은 곧 쓰러질 것 같은 오두막집에 명패가 붙어있었다."고 하여, 살아서의 선행을 강조하였다. 이렇게 유불선 세 종교에서 모두 선행은 복을 받는다고 주장하고 있으니, 신뢰할 만하지 않은가!

그러므로 복을 받는 길을 종합하여 보면, 결국 선행을 많이 하여 덕을 많이 쌓는 것이 복을 받는 길이라는 것이다. 그러면 악을 많이 쌓은 사람은 어떻게 되는가! 이는 보나마나 선행의 정 반대이다.

행복은
어디에 있는가!
지금은 좀 어려워도
내일의 꿈이 있기에

그곳을 향해
매진하는 것이 행복이다.

내가 행복한 것은
조상의 은덕과
나의 노력의 결과인데
여기에 선행을
많이 쌓아야
나도 행복하고
자식도 행복해지는 것이다.

05
인체의 모발毛髮 이야기

왕조국가에서는 환관宦官이라는 관리가 있으니, 이 사람은 남자지만 거세去勢를 하여 남자 구실을 하지 못하는 고자를 말한다. 왜냐면 궁궐의 내시부內侍府에서 일을 하는데, 이곳은 궁녀들이 많은 곳이므로 자짓하면 궁녀들과 사랑에 빠지기 쉬운 곳이다.

옛적 제도에 궁녀는 제왕만이 선택권이 있었으므로, 그 가까이서 근무하는 내시와 궁녀가 서로 사랑하고 정情을 통함을 허용하게 되면, 그 궁녀에게서 나온 자식이 왕의 자식인지 내시의 자식인지 구분할 수가 없고

자칫하면 왕통이 내시의 자식에게 돌아갈 수 있으므로, 이를 미리 막아야 했다. 그러므로 궁궐 내에서 왕의 시중을 드는 사람은, 거세를 한 내시로 한정하였다.

여성에게는 수염이 나지 않는다. 왜냐면 여성에게만 있는 충맥衝脈[5]과 임맥任脈[6]이 인후咽喉에 모여서 입과 입술로 지나가기 때문이다. 그런데 환관도 이미 거세를 하여 여성화가 되었으므로 수염이 나지 않는다.

그러므로 조선시대의 남성들은 모두 수염을 기르고 다녔으니, 남성과 여성의 구분을 수염이 있느냐 없느냐! 로 분별했다고 한다. 그래서 혹 수염이 나지 않은 남성을 보면 "저 사람은 혹시 내시가 아닌가!" 고 했다는 것이다.

필자는 이순耳順의 중반을 넘기고 비로소 수염을 깎지 않고 길러 보았다. 그런데 하루는 아내가 "당신 수염을 왜 깎지 않습니까!" 라고 하였다. 그래서 나는 위에 기술한대로 고사를 들어 설명하면서, "나는 내시가 아니니 수염을 기르는 것이오." 라고 하니, 아내가 하는 말 "당신이 수염을 기르면 아름답게 보이지 않고 추하게 보이니

5 충맥衝脈 : 기경팔맥奇經八脈의 하나. 자궁에서 시작하여 척추를 따라 올라가는 맥脈이다.

6 임맥任脈 : 기경팔맥奇經八脈의 하나. 회음會陰에서부터 신체의 앞 중심을 지나 아랫입술에 이르는 경락經絡이다. 십이 경맥의 기혈 순행을 돕는다.

깎으시오." 하고 명령조로 말을 하면서 "만약 당신이 수염을 기르면 나와 헤어질 것을 각오하시오."라고 하였다.

사실 나는 소음인이므로 수염이 아름답게 나지 않고 삐죽삐죽 나기 때문에 아름답지 않음을 필자도 잘 안다. 그렇기에 오늘까지 수염을 기르지 않은 것이었다. 그래서 나는 "그러면 작은 부인을 얻어서 살아야겠네."하고 어깃장을 놓으니, 아내 왈 "그러려면 밖으로 나가서 사시오."라고 했다.

하룻밤을 지내면서 곰곰이 생각하니, 아름답지도 않은 수염을 기른다고 아내와 헤어지는 것은 좀 심한 것 같아서 아침에 일찍 일어나서 세면장에 들어가서 거울을 보니, 수염이 삐죽삐죽하고 힘도 없고 별로 볼품이 없어서 깎고 말았다. 이를 따라 아내의 얼굴이 밝아졌음은 말할 것이 없다.

사실 《동의보감》의 모발편을 보면, 태양인으로 혈血이 많으면 눈썹이 아름답고, 양명인으로 혈血이 많으면 수염이 아름답다고 되어 있다. 이를 일반론으로 말하면 양기가 성盛한 사람이어야 아름다운 수염이 나고, 음기가 성盛한 사람은 필자처럼 삐죽삐죽하여 별로 볼품이 없는 수염이 나므로 남들이 보기에 아름답지 않은 것이다.

사람이 되어서
두상頭上에 머리가 나지 않으면

빛을 반사하는
거울이 된다.

남자가 되어서
턱에 수염이 없으면
내시內侍가 아닌지 의심한다.

또한
여자가 되어서
몸에 털이 많으면
흉하게 보인다.

반면에
남자가 털이 많으면
멋지게 보인다.

이는 바로
음양의 조화 차이이니
음양이 조화를 잘 이루어야
아름다운 세상이 된다.

■ 관상학에서 본 모발론毛髮論 관상가 이남희의 마의관상법에서

- 모습이 우뚝하고 수려하게 뻗은 형상으로 수염이 아름답고, 옥같이 맑은 기운이 도는 사람은 고상한 선비의 상이다.
- 골격이 섬세하고 매끄러우면 부귀를 얻어 한가롭게 지내고, 수염이 거칠고 짙으면 일생 동안 힘든 일이 많으며 하천下賤하다.

• 여섯 가지의 해로운 눈썹〔六害眉〕, 즉 '엉키고 흩어진 눈썹, 끝에 숱이 없는 눈썹, 끊어진 눈썹, 뻣뻣하게 위로 서 있는 눈썹, 좌우가 붙은 눈썹, 지나치게 짙은 눈썹 등을 가진 사람은 친인척들과 사이가 끊어진다.

• 귀에 털이 있으면 장수한다. 옛말에 "눈썹 털이 좋다 해도 귀에 난 털만 못하고, 귀의 털은 목에 수조壽條가 있느니만 못하다."고 했다.

• 항문을 곡도穀道라고 하는데, 이곳에 털이 어지럽게 나는 것은 방광의 기운이 매우 성한 것으로, 반드시 음욕이 많다.

• 구레나룻이 구불구불 엉키면 매우 게으른 사람이어서 비록 부를 얻을지라도 나중에 가난함을 면치 못한다.

• 가슴에 털이 난 사람은 성질이 급하며 마음이 좁아서 너그럽지 못하다.

동의보감 속의 모발론

• 신장은 모발毛髮을 주관한다. 신장이 골骨과 합쳐지면 윤기 있는 모발이 된다.(내경)

• 혈血이 성대盛大하면 모발이 윤택하고, 혈血이 노쇠하면 모발이 노쇠하며, 혈血에 열이 있으면 모발이 누렇고, 혈血이 패敗하면 모발이 희다.(의학 입문)

• 아름다운 눈썹을 가진 자는 태양경太陽經[7]에 혈血이 많은 것이고, 구레나룻을 통하여 수염이 다북쑥처럼 난 것은 소양경

7 태양경太陽經 : 인체에 흐르는 12경락을 말하니, 자세하게 알려면 '인체경락도'를 찾아보면 된다.

에 흐르는 혈이 많은 것이며, 수염이 아름답게 난 것은 양명경의 경락에 혈이 많은 것이다. (영추靈樞)

- 족양명足陽明의 경락 위에 혈기가 성盛하면 아름다운 수염이 길고, 혈기가 적으면 수염이 없고 두 입술에 그어진 줄이 많다.(영추)
- 족양명足陽明 경락의 아래에 혈기가 성盛하면 음부의 털이 아름답게 길어서 가슴까지 뻗고, 혈기가 모두 적으면 음부의 털이 없다. 혹 있더라도 드문드문 나고 말랐다.(영추)
- 족양명 경락의 위에 흐르는 혈기가 성盛하면 구레나룻을 통하여 아름답게 길고, 혈기가 모두 적으면 구레나룻이 없다.(영추)
- 족양명의 경락 아래에 흐르는 혈기가 성盛하면 종아리 털이 아름답게 길고, 혈기가 모두 적으면 종아리에 털이 없다.(영추)
- 족태양足太陽 경락의 위에 흐르는 혈기가 무성하면 눈썹이 아름답고 눈썹에 긴 털이 있다. 혈血은 많고 기氣가 적으면 눈썹이 조악하다.(영추)
- 수양명手陽明 경락이 흐르는 위에 혈기가 무성하면 입 위의 수염이 아름답고, 혈기가 모두 적으면 입 위에 수염이 없다.(영추)
- 수양명手陽明 경락이 흐르는 아래에 혈기가 성대하면 겨드랑이 털이 아름답고, 수소양手少陽 경락이 흐르는 위에 혈기가 성대하면 눈썹이 길고 아름답다.(영추)
- 수태양手太陽 경락이 흐르는 위에 혈기가 성대하면 턱에 수염이 많다.(영추)

06
생명이 숨 쉬는 공간 지구에서

올해는 가뭄이 길었으니, 봄부터 지금(2014. 7. 5)까지 비다운 비가 오지 않아서 시냇물은 마른 지 오래고 저수지의 물도 바싹 말라서 바닥을 드러내었으며, 바닥은 거북의 등처럼 쩍쩍 갈라진 지 오래이다.

필자는 올해도 전 해와 같이 이른 봄부터 주말농장의 밭을 갈고 퇴비를 넣고 씨앗을 뿌렸다. 그 덕분에 열무도 수확하여 김치를 담가먹었고, 오이와 호박도 심어서 반찬을 만들어 먹는다.

그런데 오늘은 강낭콩을 수확했다. 곧 장마가 온다고 하니, 자칫 수확하지 않으면 수일數日간 내린 비에 콩은 밭에서 싹이 튼다. 그렇게 되면 콩이 썩고 마니, 10년 공부 '나무아미타불' 이라고 헛농사가 되고 말기에 오늘 부랴부랴 수확을 한 것이다.

사진에서 보이듯이 씨앗을 뿌리고 거름을 주고 비가 와서 땅이 축축해지면 어김없이 싹이 트고 자라서 이렇게 주렁주렁 열매를 맺는 것이다.

언뜻 생각하면 강낭콩은 농사를 짓는 농부를 위해서 열매를 맺어서 보답하는 것처럼 생각할 수 있으나 전혀 그런 것은 아니다.

이는 자연의 환경 속에서 싹을 틔우고 자라서 열매를 맺고 누렇게 익어서 '강낭콩' 자신의 씨앗을 후세에 남기려는 것 이외에는 아무 것도 아니다. 강낭콩은 오직 그것만을 위해서 열심히 자라고 열매를 맺으며 기한이 되면 자신의 몸이 말라서 없어지는 것이다. 오직 천리天理에 순응할 뿐인데, 농부는 자신을 위해서 많은 열매를 맺었다고 착각하는 것이다.

자연의 환경 속에서
자신에게 충실할 때에
그 열매는 세상에 보탬이 되고
다음 해에 또다시

농부의 손에 의해
옥토에 뿌려져서
다시 새로운 세상에서
살아가는 것이다.
이는
나를 불태우는
희생의 보답이고
삶의
참됨이다.

우리들 사람도 이런 법칙을 뛰어넘지 못한다. 왜냐면 '천리를 따르는 자는 살고, 천리를 거역하는 자는 죽는다.' 고 한 말씀처럼, 오직 천리를 따라서 사는 자만이 오래 살고 자식도 잘 되고 건강하게 사는 것이다. 만약 이를 어기면 삶이 꼬여서 혹 감옥에 가거나, 혹 도망다니는 자가 되어서 외국에 나가서 자기의 고향으로 돌아오지도 못하는 경우가 많다.

그러므로 세상을 너무 약게 사는 자는 자기 꾀에 자기가 빠지는 경우가 많다. 행여 이를 면했다면 다행이나, 그 자식들까지 잘 살 수 있을까!

07
씨앗도 세월의 변화를 알아 싹을 틔운다.

'동지冬至가 되면 한 점의 양기陽氣가 생겨서 이 기운이 점차 커지면서 봄이 온다.〔冬至陽生春又來.〕' 라는 말이 있다. 이를 쉽게 풀어서 말하면, 겨울의 가장 추운 때가 '동지冬至' 인데, 이때에 한 점의 양기陽氣가 생겨서 이 기운이 점차 커져서 따뜻한 봄이 온다는 말이니, 이런 말은 동양학문을 조금이라도 한 사람이면 모두 잘 아는 사실이다.

그런데 이른 봄이 되면 우리들이 가을에 수확하여 창고에 쌓아둔 고구마, 감자, 밤 등의 눈에서 싹이 나오는 것을 볼 수가 있으니, 어렸을 적의 일인데, 제사 때 쓰려고 땅속에 묻어둔 밤을 12월쯤에 꺼내어보면 어느새 싹이 길게 나와 있는 것을 볼 수가 있었다. 그리고 씨감자를 옹기에 넣어서 잘 보관하다가 이른 봄에 그 씨앗을 심으려고 옹기의 뚜껑을 열어보면 어느새 났는지 모를 감자의 싹이 나와서 이리저리 엉겨있는 것을 볼 수가 있다.

이는 땅속이나 옹기의 어두운 속에서도 씨앗은 일기의 변화를 감지하고 따뜻한 봄이 오는 것을 확신하고 싹을 틔우는 것이니 신기하지 않은가. 그뿐이 아니다. 땅속에 버려져 있는 잡초의 씨앗도 자신이 날 시기를 잘 알아서 정확히 그 시기에 나오는 것이니, 이는 농사를 지어본 농부라면 누구나 아는 이야기다.

잡초의 종류가 얼마나 많은가! 그 많은 잡초의 씨앗이 따뜻한 봄이 되었다고 해서 한 번에 모든 싹이 나오는 경우는 없다. 이렇게 단 번에 싹이 나온다면 농사를 짓는 농부는 얼마나 좋겠는가! 농부는 그때에 그 잡초를 한 번만 매어서 잡초를 제거하면 다시는 나오지 않을 것이니, 그 다음에는 밭을 맬 염려가 없을 것이 아닌가!

그러나 잡초의 씨앗은 이렇게 단순하게 한꺼번에 나오지 않고, 자신이 싹을 틔울 시기를 정하고 차례대로 싹을 틔우는 것이니, 처음에는 망초가 나오고 그 다음에는 엉겅퀴가 나오며, 다음에는 바라기가 나오고, 또 그 다음에는 쇠 비듬이 나온다. 이런 식으로 자신의 순번을 기다려서 싹을 틔우는 것이다.

필자가 잡초의 이름을 모두 알지 못해서 일일이 다 기록하지는 못하지만, 분명한 것은 먼저 나오는 잡초가 있고 뒤에 나오는 잡초가 있어서 그 순번을 따라 하나가 나서 사라지면 다음의 잡초가 나오고, 또 그 잡초가 나왔다가 사라지면 그 다음의 잡초가 싹을 틔우는 것이니, 우리들이 생각하면 아무것도 모를 것만 같은 잡초의 씨앗도 봄이라고 해서 모두 한꺼번에 나오는 것이 아니고 순번을 정해서 차례대로 나오는 것이니, 이 얼마나 경이로운 일인가!

그러므로 사람들의 삶도 모두 때가 있는 것이다. 어려서 엄마의 젖을 먹을 때, 유치원에 다닐 때, 학교에 다닐 때, 군대에 가서 국가와 민족을 위해 나라를 지킬 때, 그리고 결혼을 해서 아이를 낳아 기르고, 직장을 잡아 일을 하여 가족을 부양할 때 등 많은 시기가 있는 것이다.

그런데 사람들의 삶은 평등하지 않아서 어떤 사람은 고속도로를 달리듯이 빠르게 나가는 사람이 있는가 하면, 어떤 사람은 하는 일이 잘 되지 않고 하는 일마다 앞이 막히는 경우도 많다. 이는 앞에서 말한 대로 씨앗이 싹을 틔우는 시기가 모두 다르듯이 인생의 행로도 잘 되는 시기가 있고 안 되는 시기가 있어서이다. 잘 안 되는 시기에 억지로 일을 밀어붙이면 더 많은 것을 잃는 것이니, 이럴 때는 좀 쉬다가 좋은 시기가 오기를 기다려서 일을 하면 잘 풀리는 것이다.

인생의 행로는
앞서 가는 사람이 있고
뒤에 가는 사람도 있는 것
행여 남을 앞서려고
무리하게 서둘면
넘어지고 자빠진다.

인생은 슬기로워야 하니
세상을 두루 살펴서
기회를 잘 알아 나간다면
후자가 전자의 앞이 된다.

그러므로
짧지 않은 인생이니,
후자가 되었다고 고민하지 말고
세상을 바로 보고
노력하고 노력하면
누구에게나
앞길에 빛이 있으리라.

사람은 만물의 영장靈長이라 뽐내지만, 어리석고 미천한 조수鳥獸만도 못할 때가 많다. 일례로 지진과 해일이 갑자기 일어나면, 그곳에 사는 짐승들은 이를 먼저 감지하고 미리 대열을 지어서 피신한다고 한다. 현명한 사람은 이를 보고 더불어 피신한다고 하니, 어째서 만물의 영장인 사람이 한갓 미물인 짐승보다 예지의 능력이 부족한가!

이는 짐승은 자연에 순응하면서 살기에 자연의 변화를 잘 알아서 미리미리 대비하지만, 사람은 욕심이 자연과 부합하는 마음인 양심을 가렸기 때문에 자연의 변화를 아는 예지叡智의 능력이 떨어져서 그런 것이다. 그러므로 맹자孟子께서도 '성인은 세상과 같이 추구하여 옮기는데 반하여 속된 선비는 고루하여 변화를 알지 못한다.〔聖人與世推移而俗士苦不知變.〕' 고 하였던 것이다.

그러므로 세상의 변화에 대처하는 능력은 욕심을 빼고 어머니의 뱃속에서부터 갖고 나온 양심을 찾아서 세상을 착하게 산다면 예지의 능력도 생겨서 앞의 세상을 미리 내다보게 되는 것이고, 그리고 앞길이 뻥 뚫린 고속도로처럼 훤하게 뚫릴 것이다.

08

세상은 원圓으로 돌고

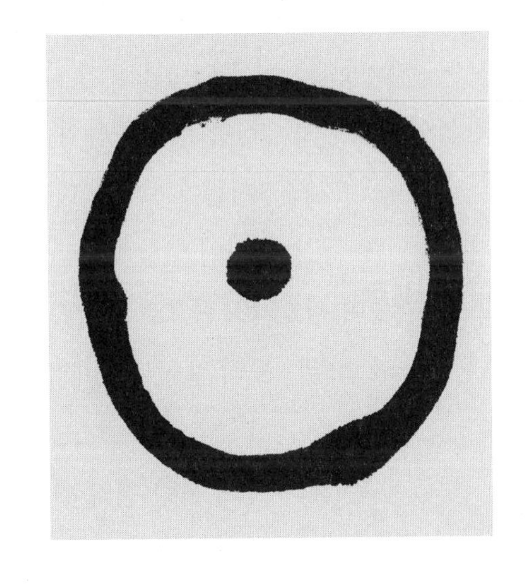

필자가 대한항공 비행기를 타고 중국을 향하여 하늘에 올랐는데, 마침 창문 옆에 앉아있었기에 그 광활한 푸른 하늘을 마음껏 감상할 수가 있었다. 이따금씩 흰 구름이 뭉게뭉게 피어있어서 마치 신선이나 된 듯 기쁜 마음이었다.

그런데 멀리 하늘 끝을 바라보니, 이는 수평으로 보이는 것이 아니고 하나의 원형으로 둥글게 보이는 것이었으니, 필자는 이때 문득

깨달은 바가 있었다.

"아! 하늘이 원으로 보이니, 이 세상은 둥근 원에 지나지 않는구나!"
고 하였다. 그리고 그 뒤에 제주도의 바닷가에서 끝없이 펼쳐진 바다를 바라볼 기회가 있었으니, 그 넓은 바다도 멀리 수평선 저쪽이 둥근 원으로 보이는 것이 아닌가!

1년은 365일인데, 이를 봄, 여름, 가을, 겨울 등 4계절로 나누어져서 봄에는 따뜻한 남풍이 불어서 얼어붙은 추위를 녹이면, 어느새 산야山野는 파란 초원으로 변하여 꽃을 피우고, 여름이 되어서 무더운 햇빛이 내려쬐면 모든 초목은 무성하게 성장한다. 그리고 가을이 되면 산야의 초목이나 곡식은 모두 익은 열매로 황금색의 물결을 이루며 어느새 서풍이 불어서 서리가 내리게 되고, 겨울이 되면 북풍한설이 몰아쳐서 세상은 온통 죽음의 세상으로 변한다.

그러나 이 겨울 3개월이 지나면 다시 남풍은 불고 봄은 찾아와서 온 대지에는 생명의 싹이 파랗게 올라오는 것이니, 이렇게 봄, 여름, 가을, 겨울이 원圓의 모형으로 돌아가길 천 년 만 년 계속하는 것이니, 세상의 변화는 둥근 원으로 돌아가는 것이다.

하늘에 뜬 해와 달도 이런 원의 원리에 의하여 돌아감을 뛰어넘지 못한다. 보라! 아침에 동쪽에서 뜬 해는 저녁에 서쪽으로 넘어가고, 그리고 그 다음날에 또다시 동쪽에 떠서 서쪽으로 기운다.

달도 초승달이 뜬 뒤에 보름이 되면 둥근달이 되었다가 그믐달이 되고 다시 초승달이 되어서 며칠 지나면 보름달이 되지 않는가!

달이 차면 기울고
기울면 다시 차는 것
이를 반복하면
세월이 흐르고
산천은 변화하여
봄이 오고 여름이 오며
가을 오고 겨울이 온다네.
다람쥐 쳇바퀴 돌 듯
계속 돌아가니
이는 자연히 원圓을 그리고
원을 그리면서
세월은 가고
세상은 변하는 것.

주역 겸괘謙卦에 보면 "가득 차면 이지러져서 손실이 오고, 겸손하면 받아서 유익이 온다.〔만초손겸수익滿招損謙受益.〕"라는 말이 있다. 이는 달이 둥근 보름달이 되면 그 다음에는 이지러져서 그믐달이 되고, 그믐달이 되면 다시 초승달을 거쳐서 보름달이 되는 것을 말한다.

우리의 인생사도 매한가지이니, 잘된 집안은 점차 이지러지고, 이지러진 집은 점차 나아져서 잘되게 된다는 말이니, 이도 원圓을 그리면서 돌고 도는 것이다.

09
동락同樂

동락同樂의 어원은 《맹자》에서 나왔으니, 맹자孟子께서 양혜왕梁惠王에게 말씀하기를, "지금 왕께서 여기서 사냥을 하시면 백성들이 왕의 거마車馬소리를 듣고 깃발의 아름다움을 보고 모두 흔연히 기쁜 기색이 있어 서로 말하기를 '우리 왕이 행여 병환이 없으신가, 어떻게 사냥을 하시는가!' 라고 하면, 이는 다름이 아니라 백성으로 더불어 즐거움을 같이한 때문입니다. 지금 왕께서 백성으로 더불어 즐거움을 같이 하신다면, 천하에 왕이 되실 것입니다.〔今王田獵於,此, 百姓聞王車馬之音, 見羽旄之美, 擧欣欣然有喜色而相告曰, 吾王庶幾無疾病與, 何以能田獵也, 此無他, 與民同樂也, 今王與百姓同樂則王矣.〕"라고 한 데서 온 말이다.《孟子 梁惠王 下》

함께 어울려서 즐긴다는 것은, 사람들이 협동하는데 대단히 효과

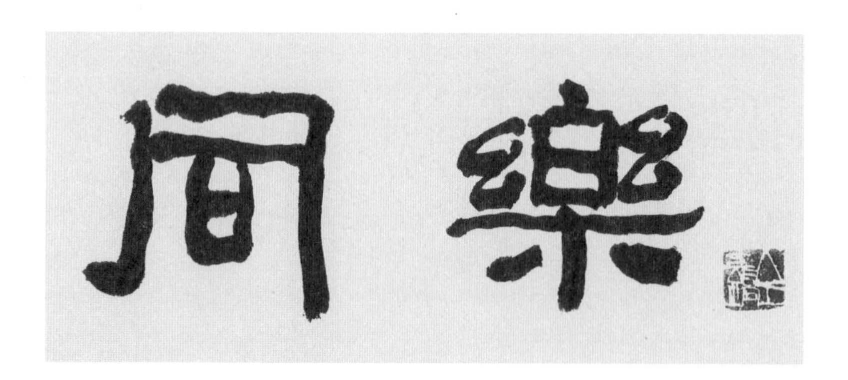

적인 수단이니, 이는 예전 농경시대에 단위마을에서 시행했던 "두레"에서 찾아볼 수가 있다.

필자가 어렸을 때에 우리나라는 농업이 90%를 차지할 정도로 농업이 절대적으로 많은 시대였으니, 이때에 농사철이 되면 마을에서는 "두레"라는 결사結社를 만들어놓고, 온 동리 농민들이 함께 나와서 마을의 논을, 맨 위에서부터 아래로 순서를 매기고 차례차례 매었으니, 이때에는 풍물을 치면서 모두 그 풍물가락에 맞춰 신나게 일을 하고 점심과 새참도 같이 먹었고, 그리고 저녁에는 같이 모여서 풍물을 치고 술을 마시면서 마을 주민들의 우의를 다졌으니, 이것이 진정한 "동락同樂"이었다.

우리나라가 공업국이 되어서 단군 이래 제일로 잘 살게 된 요즘의 세태는 어떠한가! 같은 아파트에 살면서도 누가 누군지 서로 알지 못하고 인사도 안 하고 사니, "동락同樂"이 있을 수 없다.

왜 이런 일이 일어나는가! 모두 '나만 잘 살면 된다.'라는 사사로운 감정에 사로잡히었고, 그리고 금전金錢 제일주의가 이 사회를 지배하게 된 때문이라고 본다.

우리나라는 지금 학교에서 가르치는 것도 모두 서양학문의 커리큘럼(이익만 추구하는 학문)을 본받아서 가르치니, 모두 돈만 많이 벌면 최고라는 관념에 사로잡혀서 이곳에 일로 매진하니, 우리 동양의 고유학문인 '인의仁義' 와 '충효忠孝' 는 어디에 있는지 알지 못한다.

그러므로 좋은 학교 출신으로 고학력에 높은 자리에 앉은 고관들도 모두 자기 가정과 자신 만을 알고, 조그만 사욕에 이끌려서 금전의 노예가 되어 살다가, 막상 국무총리나 장관에 임명이 된 뒤에, 이에 대한 청문회를 국회에서 열면 모두 과거의 오점으로 인해서 낙마하고 만다. 심지어 대통령이 국무총리 후보자를 뽑지 못하고 전에 사퇴한 전 총리를 지명하였으니, 이 얼마나 한심한 일인가!

이는 모두 교육이 잘못 되어서 생긴 부작용이다. 하루빨리 교육의 체제를 바꾸고 학문의 과목을 바꾸어서 서로 잘 사는 사회를 만드는 교육프로그램을 짜야 한다. 이것이 더불어 잘사는 '동락同樂'의 세상인 것이다.

저가 있으므로
내가 있고
내가 있으므로
저가 있다.
국가는
너와 내가

같이 만들고 키워가야 한다.
만약 더불어 사는 사회가 아니면
국가의 조직은 와해된다.
그러므로 국가가 없어지면
개인도 없어져서
남의 노예로 전락한다.
이에 우리는
너와 내가 하나 되어서
서로 돕는 사회를 만들어야 한다.
이것이 '동락同樂'의 세상이고
생명이 숨 쉬는 원圓의 세계이며
낙원인 것이다.

'동락同樂'은 남이 먼저 손을 내밀기를 바라지 말고 내가 먼저 손을 내밀고 내가 먼저 인사해서 서로 잘 지내려고 노력해야 한다. 이것이 나를 위하고 사회를 위하고 국가를 위하는 최고의 선善인 것이다.

10
인생의 화복은 그대 행로의 종착역

오늘도 남편이 아내와 두 딸을 죽이고 달아난 사람이 경찰에 붙잡혔다는 소식을 듣는다. 그뿐인가! 세계의 소식이 매스컴을 통하여 즉시 들려오는 지구촌시대에는 별의별 희한한 소식을 접하게 된다.

하루에 자동차를 타고 부산을 왕복하고 비행기를 타고 외국에서 가서 일을 보고 그날 바로 돌아올 수 있는 초스피드 시대에 산다.

조선시대에는 사신이 중국 연경에 가는데 3개월이 걸리고 오는데 3개월이 걸렸다고 하니, 오늘같이 편리한 세상은 없을 것이다.

세상이 편리한 만큼 어두운 면도 있으니, 차를 타고 빠르게 달리다가 사고가 나면 사람이 죽거나 부상하고 비행기를 타고 날아가다가 추락하면 모든 탑승객이 사망하고 마니, 편리하다고 마냥 즐길 일만은 아닌 것이다.

많은 사람이 함께 어울려서 복잡하게 살아가는 요즘은 사고가 끊이지 않으니, 매일 수십 건씩 사고가 발생하고 그 사고에서 많은 사람이 죽기도 하고 부상을 당하기도 한다. 이런 사고가 연일 발생하니, 조심하고 경계하고 두려운 마음으로 살아가야 한다.

수일 전에는 말레이시아의 '에어아시아'가 추락하여 탑승객이 모두 사망하였는데, 그중에 한국사람 선교사가 부인과 딸과 같이 탑승했다가 온 가족이 사망했다는 슬픈 소식을 들었다.

필자는 즉시 생각하길, '선교사는 여호와 하나님의 가르침을 전파하는 사람인데, 어찌하여 온 가족이 함께 죽었는가! 전지전능한 하나님은 졸고 계셨단 말인가!' 고 하였다.

필자는 8남매이고 처갓집은 7남매이므로 도합 15남매이다. 그런데 이렇게 사고가 많은 세상에서 자잘한 교통사고는 몇 번 났지만, 죽거나 불구가 된 경우는 아직까지 한 번도 없었다.

이는 왜인가! 우리 형제자매들은 많은 곳을 돌아다니지 않아서 사고가 없는 것인가! 그렇지 않다. 필자의 작은 아들은 대한민국 중앙관서에 근무하므로 외국을 내 집 드나들 듯이 한다. 그리고 모두 분주히 생업에 종사하며 살아간다.

필자는 이러한 현상의 원인을 우리의 뿌리인 조상에게서 찾는다. 그분들이 세상을 착하게 살면서 덕을 쌓았기에 그 자손들이 아무런 사고 없이 잘 살고 있다고 생각하는 것이다. 이를 뒤집어 생각하면

내가 이 세상을 죄짓지 않고 선善하게 살면서 많은 덕을 쌓으면 나의 자손도 또한 아무 탈 없이 잘 살 것이라 믿는 것이다.

이를 증명할 수가 있으니, 봄에 농부가 기름진 밭에 뿌린 씨앗은 잘 자라서 많은 열매를 맺고, 자갈밭에 뿌린 씨앗은 싹을 틔우기도 어렵지만 혹 싹을 틔워서 자란다 해도 열매를 맺기까지는 매우 어려운 고난을 겪은 뒤에야 가능한 것이니, 그러므로 사람도 식물과 매한가지여서 터전(조상)이 좋아야(적선積善) 많은 열매를 맺는 것이고 터전이 조악하면 열매를 맺기가 어려운 것이다.

굶주린 짐승이
밭에 내려오니
먹을 것 많고

유영하는 물고기
비 내리니
빠르게 움직이네.

기름진 텃밭은
싱싱한 채소 생산하고
조악한 자갈밭
빼빼한 채소 생산하네.

선행이 많은 집
자녀의 길
뻥 뚫리고
악행이 많은 집
잘리고 꺾임이 많지.

11
물과 눈〔雪〕

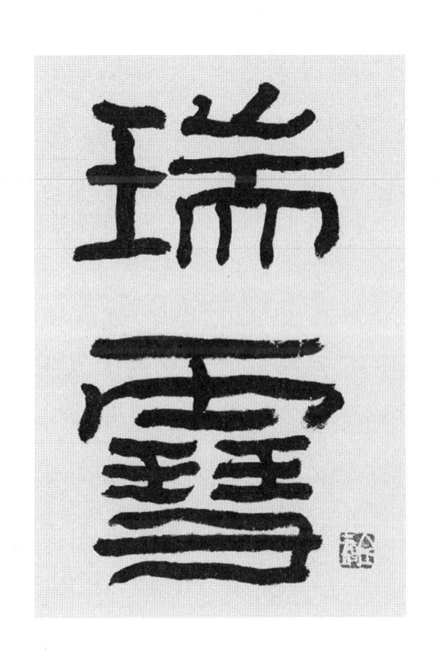

물은 변환의 귀재이다. 원래 액체인 물에 열이나 햇볕을 가하면 기체인 수증기가 되고 수증기는 하늘로 올라가서 구름으로 변하고, 그리고 구름은 비로 변화하여 다시 지구로 내리는데, 이때에 날씨가 추우면 눈으로 변화하여 마치 나비가 춤을 추듯이 나풀나풀 내린다.

눈의 이름을 한문으로 육화六花라고 한다. 왜냐면 눈의 형태가 6각으로 되어 있어서 육화라 부르는데, 원래 물이 육각으로 이루어져

있다고 한다. 일본의 에모토 마사루씨가 《물은 답을 알고 있다.》라는 책에서 물의 모양을 사진을 찍어서 공개했는데, 물의 형체가 모두 6각으로 이루어져 있었다. 이 물이 기체가 되었다가 눈으로 변화하였지만 원래 6각의 성질은 변하지 않아서 눈의 모양이 6각으로 이루어진 것이니, 본성은 변하지 않고 언제나 간직하고 있다는 것을 알 수가 있는 것이다.

지구에 있는 물의 구성비가 약 70%를 넘고 인체의 물의 구성비가 약 70%를 넘는다고 하니, 이는 우리들 인체가 우주 안에서 태어나 그 안에 살아가는데, 물의 구성비를 닮은 것을 생각하면 신비함을 넘어서 경이롭기까지 한 것이다. 그러므로 역학易學에서는 천지를 천인지天人地로 구분하여 이를 삼재三才라 하며, 사람이 천지의 사이에 살면서 이 우주를 주관한다고 보는 것이다.

눈은 겨울에 많이 내리는데, 겨울은 모든 생명이 멈춘 상태를 말한다. 생명으로 말하면 겨울은 즉 죽음의 세상을 말하는데, 이 겨울이 가면 다시 봄이 와서 모든 사물에 생명을 불어넣으니, 죽음의 세상 뒤에는 다시 생명의 세상이 온다는 것을 암시하는 것이다. 그러므로 겨울은 다가오는 봄을 준비하는 기간으로 보면 좋을 것이다.

어제 첫눈이 왔는데, 충청도를 위시한 서해지방에는 많은 눈이 내려서 축사가 무너지고 길이 막혔다고 한다.

사람들은 눈이 내리면 시심詩心이 발동하여 시를 쓰고 글을 짓는 등 매우 기뻐하지만, 이렇게 아름다운 눈도 너무 지나치게 많이 오면 금방 무서운 재앙으로 변하여 집을 무너뜨리고 아름드리 소나무의 가지를 꺾는다.

그러면 물은 어떤가! 물이 없으면 지구의 생명은 존재할 수가 없고, 사람도 물이 없으면 살아갈 수가 없을 만큼 귀중한 것이지만, 비가 너무 내려서 홍수가 나고 창일漲溢이 되면 금새 재앙으로 변하여 우리들에게 막대한 피해를 안겨주게 된다.

요컨대, 물이 기체로 변하고 또다시 눈으로 변하며 눈이 또다시 물로 변하니, 돌고 돌아 원(◯)을 이룬다는 것을 알 수가 있는 것이다. 이 세상의 모든 것이 원(◯)의 원리 속에서 움직인다고 생각하면 된다. 보라! 사람이 우주 상공으로 쏘아올린 로켓이 다시 지구로 돌아오고, 가을에 강남(따뜻한 지방)으로 갔던 제비는 봄이 되면 다시 이곳으로 돌아오며, 계절은 봄, 여름, 가을, 겨울을 거쳐서 다시 봄으로 돌아오지 않는가!

가을에 붉게 익는 모든 열매를 보자. 복숭아, 사과, 배, 밤, 대추, 볍씨, 보리, 양파, 고구마, 감자, 밀, 귀리, 기장 등 모든 열매가 원(◯)으로 둥글게 이루어져 있지 않은가! 이는 지구가 원인 것을 증명하고, 우주가 원인 것을 증명하며, 생명이 원인 것을 증명하는 것이다. 원(◯)인 세상에서 둥글게 사는 것이 현명한 것이다.

물은 수증기가 되고
수증기는 구름이 되고
구름은 비가 되고 눈이 된다.

봄이 가면
여름 오고
여름 가면
가을 온다.

탁수濁水는 흘러
청수淸水 되고
탁한 공기
바람 불면
금새
맑은 공기 되지.

이는 변환의 원리로
원(◯)의 세계를 말하는 것.

12
열공熱工

지금부터 약 3000년 전 은殷나라 성탕成湯의 반명盤銘에 쓰여 있기를,

"진실로 날로 새롭고 날마다 새로워지며 또 날로 새로워야 한다. 〔苟日新日, 日新又日新.〕"고 하였다. 반명盤銘은 세숫대야에 새겨진 글씨를 말하는데, 아침에 일찍 일어나 세수를 하면서 그 대야에 새겨진 글씨를 보고 날마다 분발하라는 경구警句이다.

그리고 그 뒤 중국의 전국시대에 맹자 어머니의 삼천지교三遷之教와 맹모단기孟母斷機는 자식을 잘 가르쳐 기르려는 부모의 열정을 모범적으로 실천한 내용이다. 삼천지교三遷之教'는, 맹자의 어머니가 무덤 근처에 집을 정하고 살자, 아들 맹자는 매장埋葬하는 놀이를 하며 놀았고, 시장 가까이에 집을 정하자 맹자는 장사하는 놀이

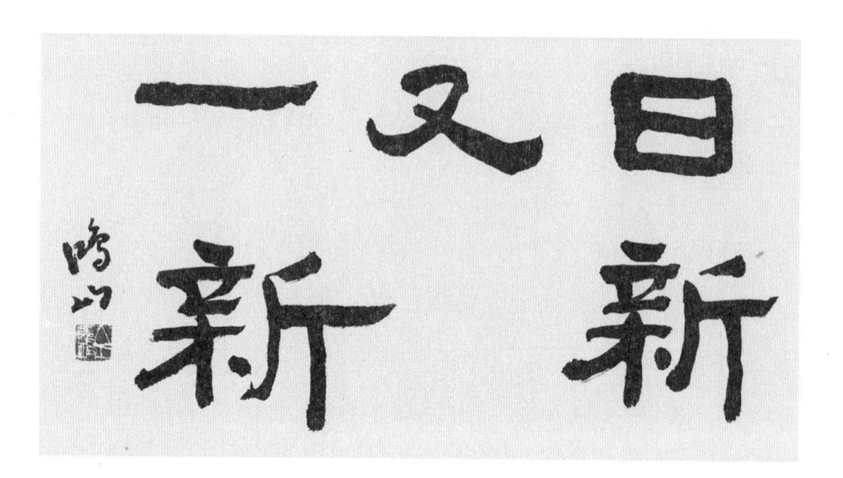

를 했으며, 학교 가까이로 이사를 하니, 예의를 행하는 제사놀이를 했다는 내용이고, 맹모단기孟母斷機는, 맹자孟子가 어려서 외부로 나가서 공부를 하였다. 어린 맹자는 어머니가 보고 싶어서 어느 날 공부를 중단하고 갑자기 집에 돌아왔다. 이에 맹자의 어머니는 돌아온 아들을 보고 베틀〔機〕에서 짜던 베를 칼로 자르고는 "네가 공부를 중단한 것은, 내가 이 베를 자른 것과 같다.〔子之廢學, 若吾斷斯織也.〕"라고 하였는데, 맹자가 이 말을 듣고 분발하여 대유大儒가 되었다는 이야기가 열녀전列女傳에 전한다.

자식을 가르치는 일에는 예나 지금이나 어떤 부모든 간에 모두 열심이다. 그래서 지금은 학군이 좋은 지역에 이사해서 좋은 학교에 입학해서 훌륭한 교육을 받아야 한다고 하면서 이를 실천에 옮기는 부모님의 열성은 백 번 지당하고 옳은 생각이다. 그러나 이는 돈이 많아 잘 살면 그 지역으로 이사를 하지만, 반대로 돈이 없는 사람은 마음은 굴뚝같으나 그렇게 하지 못하는 것이 현실이다. 그러므로 지금은 "개천에서 용이 날 때는 지났다." 고 말한다.

이렇게 열심히 가르치고 공부한 학생이 결국에는 좋은 대학에 들어가고, 또 좋은 직장에 들어가서 출세가도를 달리는 것은 불문가지이다. 그러나 그 뒤가 문제가 되는데, 현재 우리의 교육커리큘럼은 소리小利적 교육으로서 무조건 출세하고 돈을 많이 벌어서 잘 살면 된다는 교육이고 보니, 대의大義와 명분名分을 앞세우는 가치교육의 부재不在로 말미암아 자칫 불의의 유혹에 빠지는 경우가 많다.

우리나라에서 고관을 임명할 때에 국회청문회 제도를 마련하고 이를 실행하여보니, 이를 잘 통과할 수 있는 사람이 유명인사 중에는 거의 없는 실정이다. 대통령이 임명을 한다고 해도 모두 나는 못한다고 손사래를 친다고 한다. 일전에도 국무총리를 두 사람이나 임명했지만 모두 국회청문회에서 통과하지 못하고 낙마하고 말았으므로, 대통령은 세월호 사건으로 사직한 전 국무총리(정홍원)를 다시 임명하는 촌극이 일어나고 말았다. 국가적으로 보면 참으로 불행한 일이다.

왜 이런 일이 일어났는가! 이는 서양학문의 소리小利적 교육이 만들어낸 필연의 결말이다. 대의大義와 명분名分, 그리고 윤리를 등한히 하면서 사람의 명예와 존엄의 중요함을 가르치지 않았으므로 젊은 시절에 남보다 더 많은 돈을 벌어야겠다는 조바심으로 열심히 돈은 벌었는데, 인물검증을 하려고 청문회를 여니 논문에 걸리고, 병역에 걸리며, 주소지에 걸리고, 뇌물에 걸린 것이다.

그럼 앞으로는 어떠한 교육이 필요한가!

첫째, 윤리와 충효忠孝의 교육을 강화해야 한다.

둘째, 소리小利적 교육을 지양하고 대의大義와 명분의 교육을 강화하여 명분이 없는 부정한 이익을 얻어서는 안 된다는 것을 교육한다.

셋째, 역사교육을 강화하여 자신의 정체성을 확립하는 교육을 강화하여 국가의 중요성을 교육해야 한다.

넷째, 특별한 경우를 제외하고 병역의무를 하지 않은 사람은 높은 자리에 앉지 못하게 해야 한다. 요즘은 국가의 의무사항인 병역의무도 하지 않은 자를 높은 자리에 앉히는 경우가 비일비재하니, 누가 국가를 위해 충성을 하며 병역의무도 하지 않은 자가 어찌 국가를 위해서 솔선수범을 하겠는가!

노력하고 또 노력하면
앞날이 보장되는 사회
공평한 룰이 적용되고
평등한 법칙이 적용되는 나라
개천에서 용이 나고
지방에서 인재가 나오는 국가
이런 사회에서
날로 새로워지고 날마다 새로워지면

나도 모르는 사이
앞날은 보장되리니
열심히 노력하는 자여
수신修身에 초점을 맞추고
사욕私慾에 눈을 돌리지 말지라.

세종대왕이 천민賤民이었던 장영실을 중용한 것처럼 지도자는 참된 인재를 등용할 줄 알아야 한다. 중국 남양에서 농사를 짓던 제갈량을 유비는 삼고초려하여 등용했듯이 초야에 묻인 인재를 등용하여 쓸 줄을 알아야 한다. 사욕에 눈이 어둔 그런 사람들은 트럭에 가득 있어도 이 나라에 전혀 도움이 되지 않는다. 줄을 서지 않고 초야에 묻힌 그런 깨끗한 사람을 뽑아 쓸 줄을 알아야 한다.

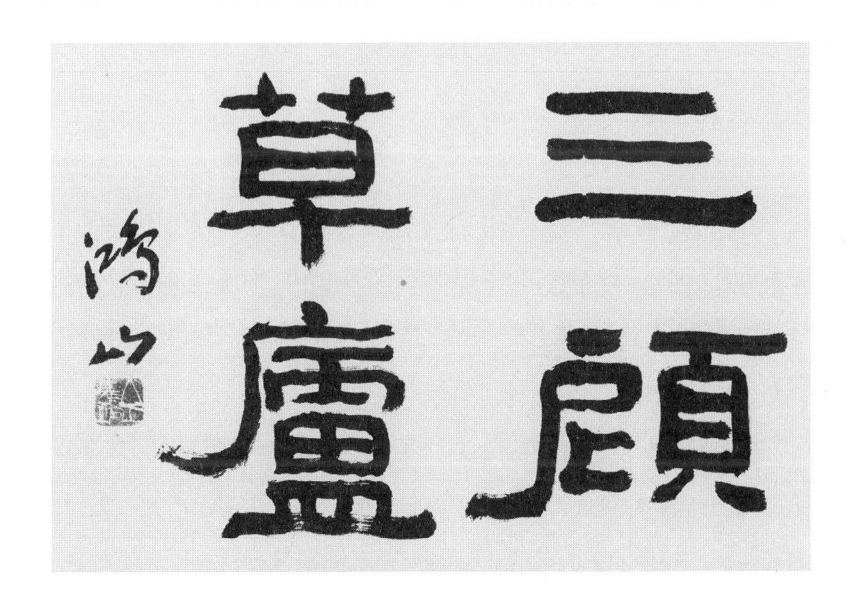

13
칠년대한七年大旱

오늘이 2014년 7월 15일이다. 올해는 이날이 되도록 우리 중부 지방에는 비다운 비가 내리지 않아서 수락산의 약수는 거의 말라서 약수가 흐르지 않고, 필자가 사는 중랑천에도 약간의 물만 흐를 뿐이다.

옛적 은殷나라는 동이족의 나라인데, 탕湯임금 때에 칠년대한七年大旱이 들어서 백성들이 다 굶어 죽게 되었다. 이때에 탕湯임금이 스스로 자기 몸을 희생으로 삼아 상림의 들에서 기우제를 지내면서 여섯 가지의 일로 자신을 책망하여 이르기를,

"정사政事가 절도를 잃었는가, 백성이 직업을 잃었는가, 궁실이 높고 호화로운가, 부녀자들의 청탁이 성대한가, 뇌물이 행해지는가, 아첨하는 무리가 많은가?〔政不節歟, 民失職歟, 宮室崇歟, 女謁盛歟,

苞苴行歟, 讒夫昌歟?]"
라고 하면서 반성하며 기도하자, 그 말이 채 끝나기도 전에 수천 리의 땅에 큰비가 내렸다고 한다.

그래서 이번에는 탕湯임금이 반성한 여섯 가지를 논論하고자 한다. 옛적에는 이 땅에서 이루어지는 일이 하늘에 맺히어서 복과 재앙이 내린다고 생각했다. 많은 사람들의 염원이 하늘로 올라가서 현실적 결과물이 된다고 믿었기에 탕임금도 7년 대한大旱을 국가최고 지도자인 임금의 책임이라 생각하고 기우제를 올린 것이다.

첫째, "정사政事가 절도를 잃었는가" 이다.

정사政事에는 많은 사람들의 이해관계가 포함되어 있기 때문에 국민 모두가 크게 관심을 기울인다. 그러므로 혹 이를 어느 단체나 인척의 부탁을 받고 일을 처리했다면, 그 밖에 있는 백성들은 반드시 손해를 볼 수밖에 없다. 그러므로 탕임금은 이런 곳에서 절도를 잃었는가를 반성했다.

둘째, "백성이 직업을 잃었는가" 이다.

국민은 직업이 있어야 먹고 살 수가 있다. 특히 요즘 대학을 갓 나온 젊은이들이 직업을 구하지 못하는 자가 많다고 하는데, 지금부터 3000년 전에 정치를 했던 탕임금은 이 직업문제를 자책의 문제로 삼았다는 것은 오늘의 세상에서도 시사示唆하는 바가 크다.

젊은이가 직업을 갖지 못하면 결혼도 할 수가 없으니, 자식을 생산할 수도 없다. 생산이 되지 않으면 결국에는 국가의 손실로 이어진다. 그러므로 국가에서 이 직업문제를 핵심사업으로 다루어야 한다.

셋째, "궁실이 높고 호화로운가" 이다.

옛적에는 제왕帝王이 되면 안 되는 일이 없었다. 오죽하면 '삼천궁녀를 거느렸다.' 고 했겠는가! 그러나 탕임금은 제왕인 자신이 높고 호화로운 궁궐을 짓고 호화롭게 생활하지 않았는가를 반성했다.

오늘의 세상에서도 돈 많고 권력있는 사람들을 쳐다보면, 자신과 자기 가정을 위해서는 많은 돈을 펑펑 쓰지만 국가와 민족을 위해서는 인색한 자들이 너무 많다. 국가에 내는 세금을 내지 않으려고 별의별 수단을 다 부리는 자가 많으니, 이런 자가 많은 세상은 삭막하여 살 수가 없는 세상이다.

넷째, "부녀자들의 청탁이 성대한가" 이다.

제왕이 되면 후궁後宮들이 셀 수 없이 많다. 서로 제왕의 은혜를 입으려고 야단들이다. 중국 한나라 원제元帝 때에 후궁에 '왕소군' 이라는 궁녀가 있었으니, 진晉나라 때의 도사道士인 갈홍葛洪이 전한前漢 시대의 잡사雜事를 기록한 저서 《서경잡기西京雜記》에 보면,

당시 황제는 수많은 후궁들을 일일이 접견할 수 없었으므로 화공畵工인 모연수毛延壽에게 초상화를 그려 바치게 해서 그 초상화를 보고 후궁을 물색하여 밤에 시중들게 했다. 그러자 유력한 신분이나 후원자가 있는 후궁들은 화공에게 뇌물을 바치면서 자신을 매력적으로 보이도록 초상화를 그려달라고 청탁했으나, 집안이 넉넉하지 않은데다가 자신의 참된 용모를 과장하여 황제를 속이려는 마음이 없었던 왕소군은 뇌물을 바치지 않았다.

이를 괘씸하게 여긴 화공畵工 모연수는 그녀의 용모를 아주 평범하게 그린 다음 얼굴 위에 큰 점까지 하나 찍어놓았다. 이처럼 볼품없는 왕소군의 초상이 황제의 눈에 뜨일 리가 없었다. 이리하여 왕

소군은 입궁한지 5년이 흘러갔지만 여전히 황제를 상면하지도 못한 채 궁녀의 신분에 머무르고 있었다.

당시 동생인 호한야선우(呼韓邪單于 : 흉노의 왕)와 대립하여 다투던 질지선우가 서역도호西域都護 감연수甘延壽에게 패해 잡혀 죽자 호한야가 한에 투항하면서 신하가 되기를 자청하고 많은 공물을 바치면서 내조來朝했다. 이때 호한야가 한나라의 공주를 얻어 천자의 사위가 되고 싶다고 청원했다.

한나라에서는 자주 내침하는 흉노匈奴를 무마하기 위해 한나라 공주들을 선우와 정략결혼 시키는 일이 있었으므로, 황제는 이를 수락하고 궁녀 5명을 하사하기로 약속했다. 호한야가 황제의 사위가 될 것을 청했으므로 한나라에서는 시집보낼 공주를 물색하는 한편 황제에게 선택받지 못한 후궁들을 동원해 성대한 연회를 베풀었다.

이때 왕소군을 본 호한야가 공주가 아닌 궁녀라도 괜찮다고 제의하자, 황제는 즉석에서 그 선우에게 궁녀의 선택권을 부여해 왕소군이 선택되고 그녀는 흉노의 선우에게 보내주기로 결정되었다. 원제는 왕소군이 말을 타고 떠날 때에야 그녀가 단아한 자태의 절세 미녀라는 사실을 알게 되어 크게 후회했으나 이미 수락해버린 일이어서 돌이킬 수 없었다.

이후 원제는 화공의 그림을 조사하게 했는데, 뇌물에 의해 화공

모연수가 초상화를 조작한 사실이 밝혀졌고, 이에 격노한 원제는 그를 참형斬刑에 처했다는 것이다. 이처럼 예쁜 후궁들의 청탁은 많았고, 제왕도 또한 사람인지라 예쁜 여인의 청탁을 잘 들어주었을 것은 빤한 일이니, 탕임금은 이런 여인들의 사사로운 부탁을 너무 많이 들어주지 않았나! 하고 반성한 것이다.

다섯째 "뇌물이 행해지는가" 이다.

제왕이 뇌물을 받고 정사를 펼치면, 정사政事가 사사롭게 흘러서 제왕의 혜택이 백성에게 돌아가지 않고 몇 사람 개인에게 돌아가고 만다.

오늘날에도 국가에서 행해지는 수천억 원이 넘는 공사가 뇌물로 인해 사사롭게 개인에게 넘어가면 자칫 날림공사가 될 수도 있고, 그리고 국가의 공신력을 한순간에 날릴 수도 있으므로, 이는 경계 제1호이다.

여섯째 "아첨하는 무리가 많은가" 이다.

예나 지금이나 권력자는 아첨을 좋아한다. 그러므로 원칙을 지키면서 묵묵히 자신의 일에만 충실한 자는 출세하기가 매우 어렵다. 그러나 이런 아첨하는 무리가 많으면 그 나라는 무너지고 그 정권도 무너진다.

그러므로 탕임금은 이상에서 열거한 여섯 가지의 비정상적인 일이 자신의 조정에서 일어나서 이렇게 하늘에서 7년간이나 한발로 재앙을 내리는가 하고 철저히 반성하면서 기우제를 지내니 갑자기 비가 내려서 "칠년대한"을 일시에 해결했다는 이야기이다.

오늘의 사회는 너무 복잡해서 하나하나 일일이 알기도 어렵다. 그러나 국가의 운영이 정상적인지 아닌지는 그 나라 국민들은 다 잘 안다. 그러므로 청문회에서 그렇게 명성이 높던 인사도 과거의 덫에 걸려서 낙마하고 마는 것이니, 이러므로 《시경詩經》 소아小雅 소민小旻에서는 "전전긍긍하여 깊은 연못에 임하듯 얇은 얼음을 밟듯 한다.〔戰戰兢兢, 如臨深淵, 如履薄氷.〕"라고 했던 것이다.

땅에 흐르는 물이
수증기가 되어서
하늘에 올라
구름이 되고
그 구름이
다시 비가 되어서 내린다.

그러므로
땅에 사는
많은 백성들의 염원도
사무쳐서 하늘에 올라가면
복과 재앙이 되어서
이 땅에 내리는 것이다.

이를 아는 우리는
경계하고 경계해야 한다.

14
대나무

사군자 중의 하나인 대나무는 곧고〔直〕, 비고〔空〕, 늘 푸르니〔常靑〕 옛적 선비들은 이를 좋게 본 것이다. 또 여기에 바람이 불면 "쉬" 하고 인경 소리처럼 사람의 마음을 울리는 소리를 내므로, 선비들은 이도 좋아해서 누구나 집 주위에 대나무를 심고 심신을 수양하는 반려자로 삼았던 것이다.

그러면 대나무의 곧음은 무엇이 좋은가!

마음이 곧은 사람은 사술邪術을 부리지 못한다. 오직 충직하고 성실한 마음을 간직하고 살아간다. 옛적 왕조사회에서는 임금이 올바른 길로 가도록 인도하는 충성된 신하들이 많았으니, 고려 말의 정몽주 같은 사람이 그런 유의 충신이라고 말할 수 있을 것이고, 이런 충신의 마음을 곧기가 대나무 같다고 하는 것이다.

다음 빈[空] 것은 무엇을 뜻하는가!

한마디로 말해서 욕심이 없는 것을 뜻한다. 사람에게는 육욕六欲[8]이 있다고 하는데, 욕심이 너무 없는 것도 문제지만, 욕심이 지나치면 결국 죄악에 빠져서 남의 이익을 뺏으며 남을 속이고 사기를 친다.

그래서 사람은 욕심을 빼야만 올바른 삶을 사는 것인데, 욕심을 빼기가 그렇게 녹록하지 않다. 일례로, 요즘 단원고 학생 300여 명이 수장된 세월호 사건을 보면, 그 선사船社의 끝없는 욕심의 무서움을 알 수가 있다.

실제 소유주인 유병언이란 사람은 겉으로는 종교의 지도자로 있

8 육욕六欲 : 안眼 · 이耳 · 비鼻 · 설舌 · 신身 · 의意로 인하여 일어나는 욕구를 말함.

으면서 신자들에게 설교를 할 때에는 갖은 좋은 말은 다 하였지만, 막상 사건이 터지고 나니, 자신은 꼭꼭 숨어서 나오지 않고 있으니, 그럼 피해를 입은 사람은 어쩌란 말인가. 자신이 떳떳하다면 나와서 속죄하고 사건을 해결하려고 노력해야 되지 않겠는가! 사람이 되어서 죄를 지었으면, 그 죄에 대하여 용서를 비는 것은 평범한 사람도 다 하는 일상적인 일인데, 하물며 큰 회사 여럿을 거느리고 사진작가 행세를 하면서 국내외에서 자신의 이익을 위해서는 돈을 물 쓰듯이 쓴 자가 자신의 회사에서 큰 사건이 터지니 꼭꼭 숨어서 나오지 않으니, 이런 사람을 돈만 아는 소인小人으로 수전노라 하는 것이다. 이는 곧 대나무의 빈 마음을 배우지 못한 결과이다.

그리고 대나무에 바람이 불면, 댓잎이 서로 부딪치면서 나는 소리가 있으니, 이 소리가 절간의 풍경과 같은 소리를 내므로, 사람의 욕심을 절제하도록 조절하는 역할을 한다. 그러므로 옛 선비들은 집 주위에 대나무를 심고 그 소리를 들으면서 마음을 닦았다고 한다.

오직 곧음만 알아
하늘 향해 끝없이 오르고
욕심은 없어서
항상 속을 비운다.
그리고 절개를 알아
항상 푸르고 변하지 않으니
그래서 그대를
군자라고 부른다네.

15
의상과 미학

시대마다 의상은 변하여 왔다. 삼국시대의 의상이 다르고, 고려시대의 의상이 다르며, 조선시대의 의상이 다르다. 그리고 오늘의 의상도 또한 다르다. 이렇게 시대별로 의상이 다른 것은 변화한다는 것이고 변화함은 곧 살아서 숨을 쉰다는 것이니, 생명이 살아 움직이는 것과 통한다.

태곳적 의상은 물론 나뭇잎으로 가리거나 짐승의 가죽으로 옷을 만들어서 입었을 것이다. 그러나 유사有史 이후 농경시대에는 잠업이 발달하여 뽕나무를 심고 누에를 쳐서 실을 뽑아서 옷을 해 입었다. 이러한 견사의상은 조선후기까지 수천 년 동안 계속되었다고 봐야 한다.

생명이 숨 쉬는 곳에는 반드시 바람이 불어야 한다. 바람이 계속 붊으로 말미암아 산소가 사방에 고르게 스며들고, 만물은 그 산소를 받아들여서 삶을 유지하는 것이다. 바람도 여러 가지가 있으니, 솔바람, 실바람, 산들바람, 높새바람, 동풍, 서풍, 남풍, 북풍, 태풍 등 많은 이름이 있다. 이를 대별하면 솔솔 부는 미풍微風과 거세게 부는 태풍颱風으로 구분할 수가 있으니, 이도 그 역할이 다르나 생명을 실어 나르는 역할은 같다 할 수 있다.

태고부터 조선시대까지는 한복을 입었는데, 우리의 한복은 품이 넉넉해서 바람이 몸 안으로 소통하기에 매우 좋은 의상이라 할 수 있다. 그러나 요즘의 의상은 개화기 이후에 서양의 문화가 들어오면서 옷도 몸에 찰싹 밀착하는 양복과 양장 등의 옷을 입게 되었다.

요즘 남성의 옷은 그런대로 품이 넉넉하여 바람이 들어오기에 괜찮지만, 여성의 옷을 보면 몸에 들어붙어서 도대체 바람이 스며들 수가 없는 옷이다. 이를 좀 과장하여 표현한다면 피부에 페인트를 칠하고 다닌다고 봐야 할 것이니, 이는 건강에 아주 좋지 않은 의상

이다.

그리고 여성 치마의 끝이 점차 올라가서 이제는 허벅지를 다 드러내고 다니니, 이를 아름답다고 해야 할지, 아니면 보기가 민망하여 눈을 돌리고 다녀야 할지 난감한 때가 아주 많다. 그래서 필자가 수년 전에 지은 한시 한 수를 게재한다.

夏女衣裳目不安 하 녀 의 상 목 부 안	여름에 여인들의 짧은 치마 쳐다보기 불안하고
紅靑色髮豈要冠 홍 청 색 발 기 요 관	붉고 푸른 염색머리 어찌 갓이 필요한가!
二千歲始希望歲 이 천 세 시 희 망 세	2000년의 시작은 희망의 해인데
極旱農夫俯田嘆 극 한 농 부 부 전 탄	극한의 가뭄 농부는 밭을 보며 탄식하네.

미학적으로 말하면, 우선 감상한 뒤에는 마음이 흐뭇하고 무엇을 얻은 것처럼 남는 것이 있어야 한다. 그러나 위의 시에서처럼 보기가 불안하다면, 이는 순수한 아름다움이라 할 수가 없는 것이다. 반드시 옷의 단端을 밑으로 내려야 한다.

혹 젊은이들이 이를 보고 성

적충동을 일으켜서 무슨 일을 낼지 불안하기도 하다. 아무리 민주사회라 해도 이런 성적충동의 의상은 단속해서 미연에 사고를 방지하는 것이 옳은 일이다. 당국에서는 어째서 입을 다물고 있는가! 그리고 이런 경우의 성적 사건은 쌍방의 과실로 보아야 한다.

또한 건강학적 측면에서 보아도 찰싹 들어붙는 옷은 피부에 치명적 해가 된다는 것을 알아야 한다. 바람이 통하지 않으면 곰팡이가 생기듯이 여성의 아름다운 피부를 망치고 말 것 같아서 걱정이 된다. 그러므로 옷은 바람이 잘 통하고 품이 넉넉한 옷을 입어야 미학적으로나 건강상으로도 좋지 않겠는가!

조선 여인의 옷
품이 넉넉하고 아름다우니
선線의 미학이
그 속에 있었다.

오늘의 옷
마냥 육체만을 드러내려 하니
마치 페인트를 칠한 것 같아
바람도 통하지 않으니
피부는 망가지고

치마의 단端은 올라가서
모두 보이니
아!
이 말세를 어이할까!

16

보리밭

지금은 사라진 말이지만, 옛적에는 "보릿고개"라는 말이 있었다. 무슨 뜻인가 하면, 전년 가을에 수확한 곡식은 다 먹어서 떨어졌는데, 밭의 보리는 아직 여물지 않아 먹을 수 없는 시기, 즉 6월을 말한다. 그래서 선인들은 채 여물지 않은 보리이삭을 따다가 솥에 쪄서 먹기까지 했었다.

보리는 늦은 가을에 씨를 뿌리는데, 싹이 몇 잎 나오면 벌써 겨울이 온다. 추운 삼동三冬의 겨울을, 그 어리고 여린 잎이 버텨내고 봄이 오면 비로소 크기 시작하여 6월이 되면 타작을 하는 작물이다.

봄에 보리밭의 잡초를 뽑아주어야 보리가 잘 자라는데, 이를 보리밭을 맨다고 한다. 이때는 농촌의 여인들이 모두 보리밭에 쭈그리고 앉아서 잡초를 뽑는데, 무더운 날에 해는 길어서 무척 지루하다. 그러면 여인들은 라디오를 가지고 나와서 그곳에서 흘러나오는 흥겨운 노래를 들으면서 밭을 매었다.

지금 생각하면 '그 노래를 듣고 자란 보리는 매우 영양이 풍부했을 것이다.' 고 생각한다. 아무리 초목이라지만, 왜 음악소리를 듣지 못하겠는가! 그 노래를 들으며 아름다운 여인의 보살핌을 받고 자랐으니, 어찌 잘 여물지 않았겠는가! 물론 영양가도 많고 맛도 좋았을 것이다.

필자는 보리가 한길쯤 성큼 자라서 일제히 파란 물결을 이루고 보들보들한 그 잎들이 바람에 너울너울 춤추는 그 아름다운 모습은 지금도 잊지 못한다. 알이 통통하게 밴 많은 보리이삭들이 바람을 타고 흔들어대는 군무群舞는 마치 천계天界의 아름다움과 같다

고 생각하기에, 늘 시골의 한적한 곳에 가서 보리를 키우며 살고 싶은 마음이 문득문득 생긴다.

지금은 보리의 가격이 쌀 가격과 같지만, 필자가 어렸을 때는 쌀 한 가마는 보리 두 가마니 가격과 같았다. 그리고 보리는 쌀처럼 차지지 않고 단단하여 입안에서 겉돈다. 그리고 보리밥을 먹으면 소화

가 잘 되어서 쉽게 배가 고프고 방귀가 잘 나온다. 방귀가 잘 나오는 것은, 즉 소화가 잘 된다는 증거이다.

그런데 세월은 흘러서 지금은 보리밥이 건강식이라 하여 많은 사람들이 보리밥집을 찾아가서 된장과 쓱쓱 비벼먹는 것을 보면 입맛이 당긴다. 또한 일반 서민의 가정에서도 보리를 사서 쌀과 섞어서 밥을 해먹는 집이 많으니, 이는 우리나라가 그만큼 잘 살므로 이제는 건강을 생각해서 좀 맛이 없어도 건강식을 먹고 오랫동안 건강하게 살겠다는 것이다.

이런 모든 행위가 '생生' 이라는 한 글자에 귀결된다. 보리를 파종하는 것, 보리밭을 매는 것, 보리가 파랗게 자라 바람을 타고 군무하는 것 등, 모든 것이 생生이라는 것을 위해 이루어지는 행위이다.

바람이 솔솔 불면
신이 나서 이리저리
몸을 흔들며
군무群舞를 한다.
넓은 들판
끝없는 보리밭의 파란 물결
이는 마치
선경의 세계인 듯
항상
나의 마음을
사로잡는다.

17
문명의 재앙

오늘(2014. 7. 19) 뉴스에 '말레이시아의 여객기가 러시아의 미사일을 맞아서 298명 전원이 사망했다' 하고, 지난 17일에는 진도 팽목항에서 세월호 구조작업을 끝내고 강원도 소방본부로 돌아가던 소방헬기가 광주시 한복판에 추락하여 5명의 탑승자 전원이 사망했다고 하였다.

우리나라는 집집마다 거의 자가용을 보유하고 있다. 그러므로 오늘날에는 자동차사고가 안 나는 날이 없을 정도로 매일 사고가 이어지고, 어떤 사고는 9중 충돌 10중 충돌을 한다. 많은 차들이 속력을 내며 달리다가 갑자기 앞에 장애물이 보이니 급정거가 되지 않아서 충돌을 하고 마는 것이다.

물론 이런 사고가 나면 죽는 사람도 많고 부상을 입어서 병원으로 실려 가는 환자들도 많다. 차량사고에서 불행 중 다행으로 죽지 않고 부상을 입었다 해도, 병원에서 치료하는 기간이 길므로 손해가 이만저만이 아니다.

사실 비행기나 자동차는 정말로 문명의 이기利器이다. 하루에 수만 리를 날아가니, 아침은 서울에서 먹었는데, 점심은 북경에서 먹는다거나, 저녁을 태국의 방콕에서 먹기도 한다. 옛날 천리마보다도 훨씬 빠르게 날아가니, 이렇게 고마운 이기利器가 어디에 있겠는가.

조선시대의 사신이 서울에서 북경을 가려면 3개월이 걸렸다고 하는데, 오늘날에는 2시간이면 가니, 모든 사람이 축지법縮地法을 쓰며 산다고 해도 과언이 아니다. 그래서 요즘의 시대를 '지구촌시대' 라고 하지 않는가!

하지만 우리를 빠르게 운송해주는 비행기나 자동차는 그 편리함의 이면에는 커다란 위험이 도사리고 있다는 것을 알아야 한다. 비행기의 사고는 거의 모든 사람이 사망에 이르고, 자동차사고는 죽기 아니면 커다란 부상이 우리를 위협한다. 이는 편리함과 위험이 반비례하여 나타나는 것이다.

요즘 우리에게 가장 이로움을 주는 이기利器는 '스마트 폰' 이다. 한 손에 쥘 수 있는 작은 물건 속에 전화기가 들어있는 것을 필두로, 인터넷이 들어있고 카메라가 있으며, 세계고금의 각종 정보들이 모두 들어있으므로, 이것 하나만 가지면 게임도 할 수 있고 시장도 볼 수가 있으며, 각종 사전 등이 들어있어서 공부하는 사람에게도 필요불가결한 물건이다.

그런데 이런 이기利器는 우리에게 이익을 주는 만큼 비례하여 많은 손해도 끼친다는 것이다. 위에서 비행기나 자동차가 우리에게 끼치는 손해를 보여준 것과 같이, 이 스마트 폰도 편리한 만큼의 많은 손해가 있을 것인데, 아직은 그 손해가 우리의 눈에 보이지 않으니, 요즘 젊은이들은 자나 깨나 오직 스마트 폰을 꺼내어 매만지며 살아간다.

전기로 작동하는 제품은 모두 '전자파' 가 나온다. 이 전자파를 많이 쬐면 우선 보는 눈이 피로하고 이어폰을 끼고 장기간 들으면 귀에 병이 발생할 것은 우리의 오랜 경험으로 확실히 알 수가 있으며, 그보다 더 무서운 것은 장기간 쬔 전자파는 피부병 등 고치기 어려운 현대의 질병이 반드시 발생하리라는 것이다.

아침저녁 출퇴근 시간에 전철에서 스마트 폰을 보는 사람들은 훗날에 찾아올 이 무서운 질병을 생각해야 한다. 특히 빨리 달리는 전철 속은 전자파도 그 빠른 속도만큼 빠르게 인체에 다가온다는 것이니, 제발 필요한 것만 사용하고 급히 필요하지 않은 게임이나 연속극 등의 프로는 안 보는 것이 좋다.

미리미리 준비하는 자가 능자能者이니, 귀와 눈이 있는 자는 살피며 살지어다.

역사는 미래를 반증한다.
그러므로
미래를 예견하려면
역사를 배워야 한다.
예나 지금이나
위험은
우리의 곁에
항상 도사리고 있다.
하늘과 땅에는
생기가 가득한데
인간의 이기利器는
독소가 많으니

현명한 자는
먼저 이를 바라봐야 한다.
복잡한 세상일수록
살아가기도 그만큼
어려운 것이다.
생명의 빛과 그 밧줄에
내 몸의 생기를 매자.

18
사람은 하늘에서 낸다.

"하늘은 복록이 없는 사람을 내지 않고, 땅은 이름 없는 풀을 기르지 않는다.〔天不生無祿之人, 地不長無名之草.〕"라는 말이 있으니, 이는《명심보감》에 있는 말이다. 그리고《맹자》에는,

"하늘이 장차 이 사람에게 큰일을 맡기려면 반드시 먼저 그 마음과 뜻을 고통스럽게 하고, 힘줄과 뼈를 수고롭게 하며, 육체를 굶주리게 하고, 몸을 궁핍하게 하여 하는 일마다 이루어지지 못하게 하나니, 이 때문에 마음을 격동시키고 분노를 참게 해서 능하지 못한 바를 보충하게 한다.〔天將降大任於是人也, 必先苦其心志, 勞其筋骨, 餓其體膚, 空乏其身, 行拂亂其所爲, 所以動心忍性, 增益其所不能.〕"라고 하였다.

위의 두 말씀 중 명심보감은, 사람은 반드시 하늘의 예정에 의해

서 태어난다는 예정론이고, 맹자는 큰 재목을 만들려면, 우선 그 사람에게 심한 고통을 주어서 굳센 사람으로 만든 뒤에 사명을 주어서 큰일을 하게 한다는 교육논리이다.

강태공은 주周나라를 도와서 천하를 통일한 사람인데, 속설에 의하면 40년은 공부하였고, 40년은 낚시질하면서 자신의 때가 오기를 기다렸으며, 40년은 무왕武王을 도와서 중국 천하를 통일하는데 크게 협력하고, 나중에 제齊나라를 식읍食邑으로 받았다고 한다.

성경에 나오는 모세도 120살을 살았는데, 40년은 이집트의 궁궐에서 자랐고, 40년은 미디안에서 갖은 고생을 하며 살았으며, 40년은 노예로 생활하던 히브리인들을 이끌고 나와 젖과 꿀이 흐르는 가나안에 정착하게 하였다고 한다.

이토록 큰 인물은, 하늘이 내고 인도한다는 것을 알 수가 있다. 신의 이 모든 행위는 이 지구에 거주하는 우매한 사람들을 인도하여 행복한 삶을 영위하게 하려는 의도가 내재되어 있다는 사실이다.

우리나라는 '남남북녀' 란 말이 전해 내려온다. 무슨 말인가 하면, 남쪽에서는 훌륭한 남성이 많이 나오고, 북쪽에서는 아름다운 여성이 많이 나온다는 말이다.

오늘날 박근혜 정부의 정부요직에 앉은 사람을 살펴보면, 경상도

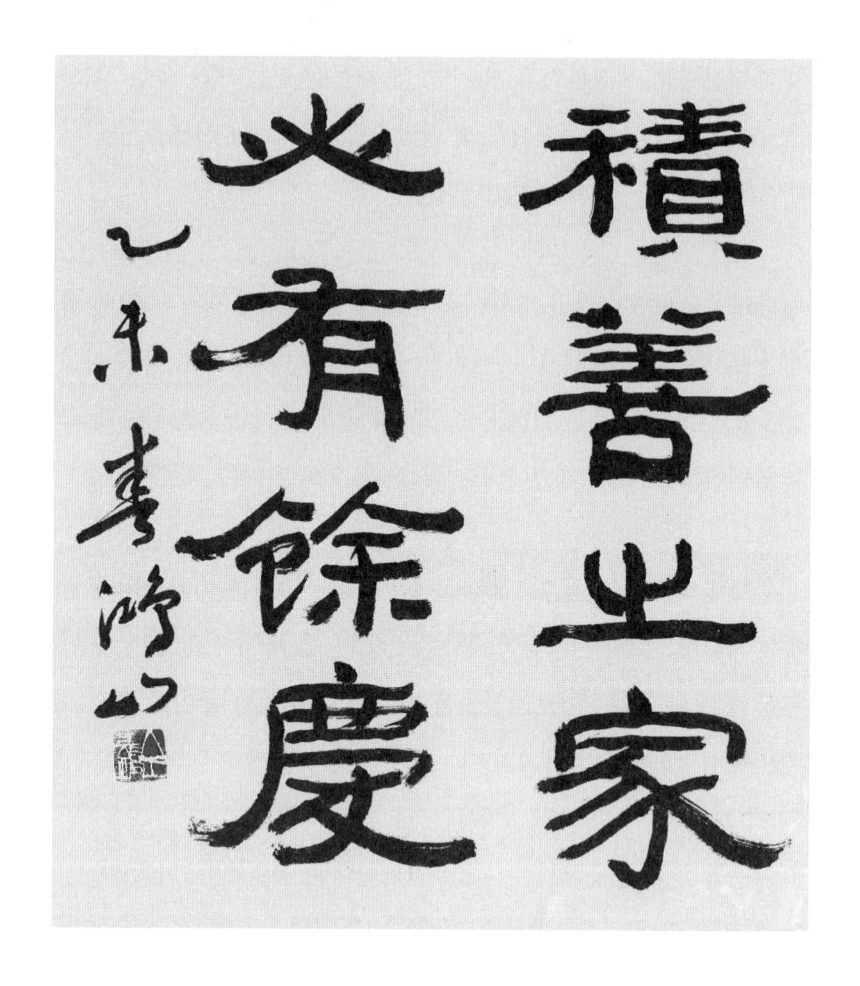

사람이 약 70% 정도를 차지한다. 그리고 조선에서도 경상도에서 훌륭한 인물이 훨씬 많이 배출되었다. 왜 이런 현상이 일어나는 것인가. 필자가 생각하기는 '인물은 지형의 형세에서 나온다.' 는 말씀대로, 경상도는 태백준령의 맥이 통과하는 중요한 지역이고, 높고 험한 산세와 요동치며 흐르는 강물의 정기를 받아 출생하고 성장했기 때문이라고 생각한다.

그러나 지형이 완만하고 평야가 많은 호남지방을 보면, 정치가보다는 예술가가 훨씬 많은 것을 볼 수가 있다.

호남평야는 금강의 하류인 충남 부여의 구룡평야부터 평야가 형성되어서 논산을 거쳐서 김제만경평야로 연결된다. 이 지역 출신의 유명인은 대체로 정치인과는 그 삶이 비교적 완만한 문화예술계 출신들이 많은 것을 볼 수가 있다.

풍수학은 조상의 산소를 풍수風水가 좋은 명당에 쓰면 그 자손이 잘된다는 것을 믿는 학문이다. 조선은 가문을 중시하는 사회였으므로 가문을 지키기 위해서는 별의별 짓도 마다하지 않았으니, 심지어 남의 묘지에 내 조상을 투장偸葬하는 행위까지 하였다고 한다.

공자는 《주역》 곤괘 문언文言에서 '덕을 많이 쌓은 집안에는 반드시 남은 경사(좋은 일)가 있다.〔積德之家, 必有餘慶.〕' 고 하였으니, 필자는 이 말씀이 복을 받는다는 말씀 가운데 제일 확신이 가는 말씀이 아닌가 생각한다.

덕은 쌓지 않고 자기의 자손이 잘 되기를 바라는 것은 가시나무에서 사과가 맺기를 바라는 것과 다르지 않다. 우선 자기 집이 잘되기를 바란다면, 자기 자신이 착한 일을 많이 해서 남에게 많은 덕을 베풀어야 한다. 이렇게 하면 개천에서 용도 나고 쓰레기장에서 장미꽃도 피울 수가 있는 것이다.

희망과 절망은
백지장 하나의 차이
착한 행실은
축복으로 변화하고
악한 행위는
패망으로 변한다.

곡식을 심고
적당히 거름을 주면
많은 열매가 열리고
욕심이 과하여
너무 많은 거름을 주면
그 거름의 독기에
곡식은 죽고 만다.

사람과 초목도
모두 천지 사이의 생명이니
다름이 있겠는가!

19
오석烏石(검은 돌)에서 길을 찾다.

우리의 고유한 사상을 한마디로 말한다면, 곧 "충효忠孝"라 말할 수가 있다. 충忠이란 우리들이 피상적으로 생각하면, '나라에 충성하는 것' 쯤으로 이해하지만, 실상은 그 범위를 훨씬 벗어난다. 유학의 고전인 《중용中庸》에는,

"나의 모든 역량을 다하는 것이 충忠이다.〔盡己之謂忠.〕"

라고 말했으니, 그렇다면 국가의 공무원이 되었으면, 공무원으로 열심히 근무하는 것 자체가 충성하는 것이라 말할 수 있다. 그러나 요즘은 내가 근무하는 곳이 공무직만 있는 것이 아니고 삼성이나 현대 등 많은 개인 회사들이 있고, 한국전력공사나 농어촌공사 등 많은 공사들이 있어서 이런 회사나 공사 등에 취업하여 근무하는 사람들도 많다.

그러면 이러한 회사나 공사에는 충성이란 말이 해당되지 않는 것인가! 물론 대답은 '아니요.' 이다. 이곳에 근무하면서도 자신의 모든 역량을 다해 근무한다면, 이것 자체가 그 회사에 충성하는 것이다.

그럼 효孝는 무엇인가. 우선 효孝자를 파자破字하여 풀어보면, 늙은 부모를 상징하는 노老자 밑에 자식이라는 자子자가 있으니 자식이 부모님을 떠받치고 있는 형상이다. 즉 부모님께 효도해야 한다는 글자이니, 이는 우리 유학儒學의 근본이 된다. 집에서는 부모님께 효도하고 밖에 나가서는 나라에 충성하는 것이니, 충忠과 효孝는 결국 사람이 이 세상을 살아가는데 있어서 가장 먼저 실행에 옮겨야 할 중요한 덕목인 것이다.

낭혜화상백월보광탑비

《예기》〈곡례 상曲禮上〉에는 "자식이 된 자는 어버이에 대해서 겨울에는 따뜻하게 해 드리고, 여름에는 시원하게 해 드려야 하며, 저녁에는 잠자리를 보살펴 드리고, 아침에는 문안 인사를 올려야 한다.〔冬溫而夏凊, 昏定而晨省.〕"라는 말이 나오는데, 이렇게 부모님을 모시는 것을 자식의 도리를 다하는 것이라 하고, 그리고 돌아가시면 3년 상喪을 치루고 묘비를 세워서 부모님의 평생 행적이 없어지지 않고 영원히 후손에게 전하여지게 하는 것이다.

우리나라 방방곡곡에는 비碑가 많이 세워져 있는데, 비에는 묘비墓碑, 선정비善政碑, 공적비功績碑, 신도비神道碑, 시비詩碑, 어록비語錄碑 등 많은 종류의 비가 있는데, 이러한 비를 세우는 이유는 오랜 세월동안 후손과 후인들에게 먼저 가신 선조나 선현의 행적을 알리려는 의도가 숨어있는 것이다. 그리고 예부터 금석문(金石文 : 비문)은 1000년을 유지한다고 하는데, 충남 보령 성주사 터에 있는 낭혜화상백월보광탑비朗慧和尙白月光塔碑는 국보 제8호로 신라 말의 최고운 선생이 찬撰한 비이다. 지금까지 1000년이 넘었는데도 비문의 판독이 가능하니, 이 빗돌이 이곳 보령에서 나는 오석으로 세운 비이다.

비碑를 대표하는 것은 묘비墓碑라 말할 수 있는데, 이 묘비는 자손이 부조父祖의 묘지를 잊지 않고 보살피려는데 하나의 의미가 있고, 또는 부조父祖의 행적을 후손에게 전하려는 의미도 내포한다고 보는데, 이런 행위를 자손이 된 도리, 즉 돌아가신 부조에 대한 효행이라 말할 수 있는 것이다.

충남 보령시 웅천읍에 비碑와 묘지 둘레석 등의 사업을 하는 "주식회사 서해조경석"이라는 회사가 있다. 이 회사는 굴삭기 6대를 가지고 산속에 숨어있는 오석烏石을 캐내어 비석과 둘레석, 간판석, 서화석, 붙임석, 계단석 등을 주 사업으로 하는데, 필자에게 비문이나 비서碑書 등의 도움을 요청하려고 2014년 12월 13일에 방문하였는데, 마침 서설瑞雪이 쏟아져서 필자의 방문을 축하하는 듯하여 기분이 매우 좋았었다.

5곳의 전시장과 보령석산의 가공공장을 방문하여 보니, 우선 그 규모의 방대함에 놀라움을 금할 수가 없었다.

필자가 여기서 말하려는 것은, "주식회사 서해조경석"의 이형우李亨雨 회장과 서해예석주식회사 류미순柳美順 대표가 25여 년 동안 초지일관 한 우물만 파서 기업경영에 성공했다는 것이고, 사업하는 일도 또한 효도하려는 사람을 도와서 비를 세우고 묘지의 둘레석을 쌓고 계단을 잘 다듬어서 자손이 부조父祖께 효도하려는 행위에 도움을 준다는 것이다.

예부터 오늘날까지 땅을 파서 돈을 버는 사업이 많은데, 그중에는 금을 파내는 금광이 있고, 석탄을 파내는 탄광이 있으며, 석유나 가스를 파내는 유전이 있으니, 이곳에서 많은 부富을 창출해 낸다. 특히 세계에서 가장 많은 유전을 가지고 있는 사우디아라비아는 유전에서 벌어들인 재력으로 세계를 좌지우지하고 있다.

그러나 "주식회사 서해조경석" 처럼 돌〔烏石〕을 캐내어서 돈을 버는 것을 아는 사람은 드물다. 이 오석은 비석을 만드는 데는 세계에서 가장 좋은 돌로 가격이 꽤 비싸다. 큰 돌 한 덩이를 캐내면 수천만 원에서 억대를 넘는 돌도 있다고 하니, 금을 캐내는 것이나 다를 것이 없는 사업인 셈이다.

부모님께 효도하려는 자손을 돕는 사업이니, 필자도 두말 할 것 없이 일조一助하겠다 말하고 돌아왔다. 사람이 일을 해도 덕을 쌓는 일을 해야 하지 않겠는가!

서설瑞雪 내리는 날
진동하는 포클레인 소리
오석烏石을 캐고
요란한 징소리

비문 새긴다네.

갈고 닦은 빗돌
검게 변하면
숙련된 석공
조심스럽게 징 두들겨
돌아가신 부모님
행적 새긴다네.

후손은 이를 보고
선조 기억하고
길손은 이를 보고
아름다운 가문
기억한다네.

20
대한민국 주소 변경 유감

전국 주소지 변경은 2011년쯤 이명박 대통령 때에 대한민국 안정행정부에서 주관하여 단행하였다. 무엇을 말하는가 하면, 필자의 사무실 주소가 '서울특별시 종로구 낙원동 58-1 종로오피스텔' 인데, 변경된 주소는 '서울특별시 종로구 삼일대로 30길 21 종로오피스텔' 로 되어 있다.

변경하는 이유는, 전의 주소는 우체부가 편지를 전달할 때 수신인의 번지 체계가 차례로 되어있지 않아서 많은 곤란을 겪는다는 것이었다.

우체부가 편지 배달을 편하게 하기 위해서 우리나라 삼국시대부터 지금까지 2000년이 넘도록 쭉 내려오면서 연결하여 쓰던 주소를 하루 아침에 180도로 바꾼다는 것은 우리의 문화를 송두리째 말살하려는 것과 다른 것이 아니다. 그리고 과거에 쓰던 주소는 동洞과 리里를 중심한 주소였는데, 지금은 전혀 생소한 '삼일대로 30길 21'로 되어 있으니, 이런 주소로 전국을 알 수 있는 사람은 아마 한 사람도 없을 것이다.

과거 우리나라의 주소는 보기만 하면 온 국민이 알아서 찾을 수 있고 이해할 수 있는 주소이었다. 그런데 오직 편지를 편하게 전달할 수 있게 한다는 명목으로 2000년 넘게 쓰던 주소를 하루 아침에 바꿔버렸으니, 오늘 이후로는 과거의 주소체계만을 배우고 시행한 우리들 기성인들은 주소 인식에 혼란이 와서 그 주소의 위치조차 제대로 인식하지 못하니, 길을 가는 사람이 방위를 잃은 것처럼 모두 바보처럼 살아야 한다.

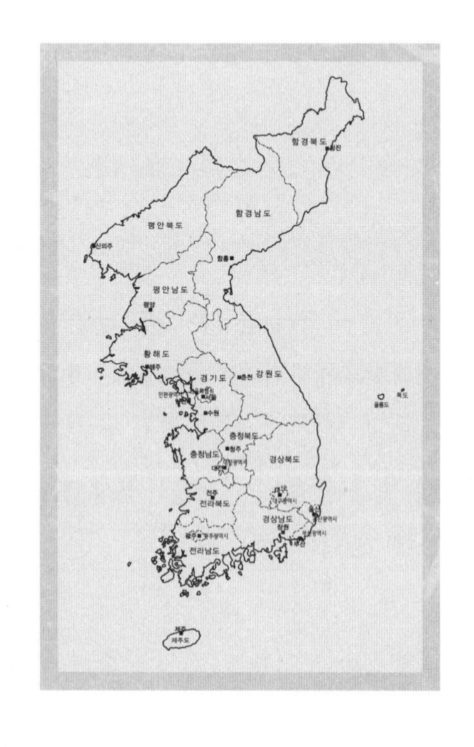

우리의 선조들은 2000년 동안 내려오면서 수많은 책과 문집 등

을 써서 남겼는데, 그 문장 속에는 동洞과 면面, 그리고 ○○리 ○○마을 등의 문구가 많다. 그런데 오늘 이후로 변경된 주소를 계속 쓰다보면 옛적 주소는 모두 없어지고 마니, 후손들이 선조의 책을 읽으면서 어떻게 그 문장을 이해할 수가 있겠는가! 그러므로 이런 정책은 우리문화를 단번에 단절시키려는 불순한 계획이 아닌지 의심하지 않을 수가 없다.

그리고 이 제도가 시행된 지 2년이 넘었는데도 편지의 주소를 보면, '서울특별시 종로구 삼일대로 30길 21 종로오피스텔(서울특별시 종로구 낙원동 58−1)' 로 써서 온다. 이렇게 전의 주소보다 배가 늘어난 주소로 쓰게 되었으니, 참으로 한심한 정책을 남발하여 시행한 것에 불과하다.

세계는 지금 자기 나라의 고유한 문화를 세계에 내놓아서 문화인임을 자랑하고 그 문화를 세계에 관광상품으로 수출하여 이익을 창출하기에 바쁘다. 우리도 이런 정책을 펴서 문화의 긍지를 세계에 알리고 이익을 창출하여 국민들이 잘 살도록 힘을 쓰지는 못할망정, 겨우 우체부의 편리함을 들어서 우리의 고유한 문화를 사장시키고 있으니 참으로 한심한 정책을 시행한 것이다.

지금이라도 늦지 않았다. 하루 빨리 변경된 주소를 전의 주소로 환원하고, 우편정책은 달리 효율성을 따져서 가능하면 우리 고유의 문화를 침해하지 않는 방향으로 개선하는 것이 좋을 것이다.

예부터
동양과 서양은
문화가 다르다.
일례로
용이라는 가상의 동물을
서양은 마귀라 하고
동양은 상서祥瑞로운 용龍이라 한다.

이렇게
수만 년
연이어 내려왔는데
왜 오늘 하루 아침에
주소체계를
서양의 체계로 바꾸어서
혼란을 야기하는가!

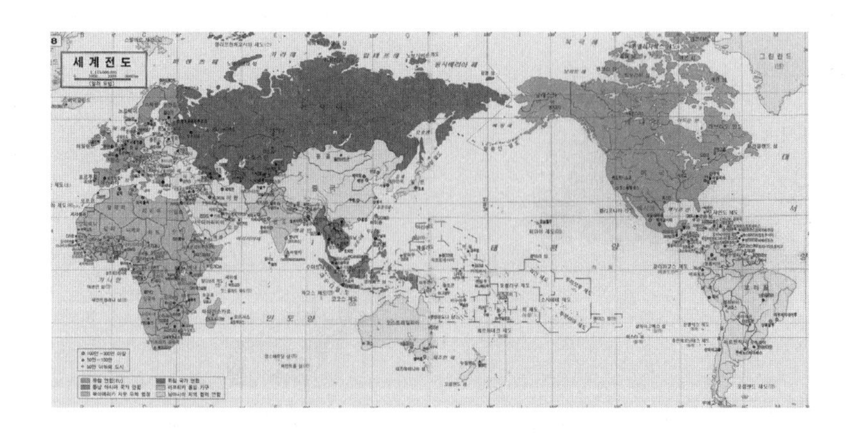

21
만선滿船의 기쁨

응보는 바다에 나가서 고기를 잡아서 가족을 부양하는 어부이다. 집에는 늙은 어머니와 아내와 어린 두 딸을 거느린 가장이다. 동네 다른 사람들은 모두 밭과 논을 경작하여 생활을 하지만, 응보는 조상께 물려받은 전답은 없고 오직 바다에 나가서 고기를 잡는 법을 배운 것이 유일한 생계수단이다.

하루는 작은 고깃배를 띄우고 바다에 나가서 그물을 던졌으나, 어쩐 일인지 한 마리의 고기도 잡지 못하고 지친 몸을 이끌고 집으로 돌아왔다. 식구들은 모두 많은 고기를 잡아오기를 학수고대하지만, 그게 그렇게 뜻대로 되지 않았으니, 어머니를 뵙기도 민망하고 아내와 어린 딸을 대하기도 영 만족스럽지 못하다. 연일 이런 날이 있는 경우도 종종 있다.

그런데 웬일인지 오늘은 하늘은 쾌청하고 날씨는 상쾌하며 하얀 조각구름이 둥실둥실 떠다니는 것이 어쩐지 좋은 일이 많을 것 같았다. 닻을 올리고 뱃노래를 부르며 출항을 했는데, 갈매기들이 배를 따라오며 비상하고 있었다.

웅보는 순간적으로 오늘은 고기를 많이 잡을 것 같았다. 이에 갈매기들이 오르내리는 곳에 그물을 던지니 많은 고기가 잡히었다. 어영차어영차 콧노래를 부르면서 재미있게 고기를 잡으니 벌써 만선滿船이다. 웅보는 신명이 나서 빨리빨리 노를 저어서 집으로 돌아와서 많은 고기를 내려놓으니 어머니를 위시한 모든 식구들이 환호성을 지르면서 좋아하였다. 웅보는 새삼 만선의 기쁨을 만끽하였다.

주말농장을 하는 나는 아침이면 어김없이 농장에 간다. 요즘은 한여름인지라 모든 작물이 무성하게 자라서 보기만 해도 마음이 뿌듯하다. 여기에 더하여 빨갛게 익은 토마토를 따고, 오이와 가지를 따고, 고구마 순을 따고, 파를 뽑고 당근을 캐고 호박잎을 따서 비닐 봉지에 넣으면, 벌써 봉지에는 채소가 가득 차서 더 넣을 수가 없다.

이를 가지고 집으로 돌아오는 주말농장 주인의 마음도 어부의 만선의 기쁨처럼 흐뭇하기만 하였다. 그래서 나는 언뜻 "어부의 만선의 기쁨을 농부도 누리는구나!" 고 생각하였다.

채소를 집으로 가져오면 아내는 이를 깨끗이 씻어서 음식을 만들고 밥을 지어서 한상을 차린다. 금방 밭에서 따와 만든 음식은 시장에서 사다가 만든 음식보다 훨씬 상큼하고 맛이 있다. 그러므로 옛적 가정에는 반드시 채전 밭이 집 앞에 있었다.

어언 이순耳順이 지나서 고희古稀를 바라보는 나이가 되니, 아내의 반찬을 만드는 손길이 고맙기만 하다. 전에는 전혀 느끼지 못하고 으레 아내는 반찬을 해서 내놓아야 한다고 생각하며 살았는데, 요즘은 포식의 기쁨을 만끽하게 하는 아내의 손길에 새삼 고마움이 느껴진다.

어영차어영차
출항하는 어부
희망을 안았는데
만선의 어부
기쁨이 가득하네.

이른 아침
논밭에 나가는 농부
희망이 가득한데
늦은 저녁
귀환하는 농부
기쁨이 가득하네.

22
봉사하는 나무

등산하기 어려운 곳의 대표가 되는 곳은 설악산 봉정암의 "깔딱고개" 도봉산의 "포대능선" 같은 곳이다. 그러나 어느 산을 산행하던 간에 어려운 코스는 있게 마련이다. 구름과 새들 만이 넘는다는 서촉의 잔도棧道와 같은 곳을 말한다.

설악산 천불동계곡에 가면 국립공원 측에서 만들었을 것으로 예상되는 난코스의 계단이나 사다리 같은 것이 많다. 아마도 옛날 조선시대에는 이런 천불동계곡 같은 곳은 어느 누구도 등반하면서 감상하지 못했을 것이다. 오늘날은 기술이 발달하여 곳곳에 다리를 놓고 계단을 설치하고 사다리를 놓아서 등산객이 마음 놓고 등반할 수 있게 만들었으므로 천불동계곡 같은 선경仙境을 구경할 수 있는 것이다.

그런데 이렇게 등산객이 오르기 어려운 난코스인 절벽에 외롭게 서 있는 나무가 있다. 등산객은 이곳에 이르면 반드시 이 나무를 잡고 올라간다. 너무 많은 사람이 잡고 올랐기 때문에 나무의 껍질은 반질반질하다. 그래도 나무는 싫다는 소리 한번 지르지 않고 묵묵히 등산객을 맞이한다.

아마도 사람 같으면 그 반질반질한 곳에 약을 바르고 옆에다 "약을 발랐으니 잡지 마시오. 나도 힘들어서 죽겠소!" 하고 써서 붙였을 것이다.

그러나 나무는 오늘도 군말 없이 등산객을 맞이하면서 자신의 몸을 내맡기고 "등산객이여 나를 붙잡고 어서 이 난코스를 편히 올라가시오." 하고 있으니, 이를 무어라 표현해야 정확한 표현이 될까!

어느 날 필자는 이를 "봉사"란 하나의 단어로 압축하여 보았다. 한 번도 불평하지 않고 묵묵히 바위틈에 뿌리를 박고 오가는 등산객에게 편의를 제공하고 있는 이 나무는 아마도 뿌리가 뽑히거나 시들어 죽기 전까지는 이렇게 봉사를 계속할 것이라 생각하니 갑자기 존경심이 생긴다.

사람이 이 세상을 살아가는 데는 두 종류의 사람이 있다. 하나는 나만 위해서 살아가는 사람, 그리고 또 하나는 남을 위해서 봉사하며 살아가는 사람, 이 두 가지의 유형 중에 후자를 선택하고 단 한

번이라도 봉사를 하거나 남을 도와줘보자, 그러면 나의 마음은 날아갈 듯이 기쁨이 몰려온다. 이는 결국 남을 위해서 일을 했는데 도리어 내 마음에 기쁨이 찾아왔으니, 나를 위한 일이 되고 말았다.

그래서 유학儒學의 경전에는 "소인小人은 이익을 숭상하고, 대인大人은 의리를 숭상한다."고 하였다. 어느 종교를 막론하고 바람직한 삶이란 남을 위해서 봉사하는 것이니, 위에서 말한 그 절벽에 선 나무는 종교를 통달하고 서 있는 나무가 아닌가!

옛날 말씀에
목석木石과 같다고 하였다.
아마도 아무런 생각 없이
살아감을 이른 말이다.
그러나 그렇지 않다.
흐르는 물도
사람의 말에 반응을 하고
언제나 한 자리에
서 있는 초목도
봄바람이 불면
좋아 춤을 추고
가을바람이 불면
잎을 떨어뜨리며 벌벌 떤다.
그러므로 현명한 철인哲人은
자연을 보고
깨달음을 얻는다.

23
삼복三伏을 넘기는 하늘의 섭리

삼복三伏의 복伏자를 파자破字하면 사람(亻)이 개(犬)처럼 납작 엎드린다는 글자이니, 삼복이 오면 너무 더워서 병에 걸릴 우려가 있으니 고개를 쳐들지 말고 겸손히 엎드려 있어야 살 수 있다는 계절이다.

초복初伏은 하지가 지난 뒤 셋째 경일庚日에 들고, 중복中伏은 10일 뒤에 오는 경일庚日이고, 말복末伏은 입추立秋 후에 오는 첫 번째 경일庚日이니, 이 경일이 중복과 10일 사이가 아니고, 20일 뒤에 오게 되면 월복越伏했다고 한다.

여름에 땀을 너무 많이 흘리면 인체의 양기陽氣가 빠져나가는데, 이렇게 되면 기운이 빠져서 힘이 없고 나른해진다. 이 양기를 보충하려면 보양식을 먹어야 하는데, 이 기氣를 보충하는 식품으로 가장 좋은 식품은 누런 황견黃犬이 최고라고 해서 예부터 우리 조상들은 집에서 기르던 황개를 잡아서 개장국을 끓여서 먹었던 것이다.

비교적 애견愛犬을 많이 기르는 서양 사람들은 개를 너무 사랑하여 개고기를 먹지 않는다. 그리고 개고기를 보양식으로 먹는 우리 동양인들을 '미개인이라.' 하면서 맹렬히 비난을 한다.

그러나 이는 문화의 차이 때문에 일어나는 견해일 뿐이다. 우리 동양인들은 예부터 아무런 거리낌 없이 삼복을 넘기는 보양식으로 먹는 식품이 보신탕이다. 일례로, 소고기를 먹지 않는 인도인들이 소고기를 주식으로 먹는 서양인을 '미개인이라.' 하면, 서양인들은 무어라 대답하겠는가!

지금은 지구촌이 한 가족이라는 소위 '지구촌 시대' 이다. 우리나라에서 생산되는 물품을 지구 반대쪽에 있는 나라에 팔아서 이윤을 남기는 시대가 되었으니, 무조건 상대국의 의견을 묵살하기가 어려운 세상이 되었다. 그래서 말썽이 많은 보신탕의 대용식으로 삼계탕이 인기를 끈다. 요즘은 삼계탕 재벌이 생길 정도이니, 더 말해 무얼 하랴!

가정에서 키운 토종닭에 인삼과 찹쌀을 넣고 끓인 삼계탕이야말로 정말 손색없는 보양식이다. 그러나 요즘 삼계탕집에서 쓰는 닭은 생후 겨우 45일밖에 안 되는 어린 닭을 끓여서 대접한다. 그리고 인삼은 병삼이나 묘삼 같은 작은 삼을 넣는 실정이니, 이런 삼계탕이 얼마나 보양이 되겠는가!

그래서 우리 집은 토종닭을 키워서 파는 집에 가서 커다란 수탉을 한 마리 사서 인삼과 대추와 찹쌀을 넣고 끓여서 먹는다. 이는 시중에서 파는 어느 보신탕이나 삼계탕보다도 훌륭한 보양식이 된다. 그 쫄깃쫄깃한 토종닭의 참맛을 볼 수가 있어서 좋다.

인체에는
음양의 기가 흐른다.
양기는 위로 올라가고
음기는 아래로 내려간다.
그러므로
심장과 간장의 기운은 위로 올라가고
폐장과 신장의 기운은 아래로 내려간다.
내린 기운은 위로 올려주고
오른 기운은 아래로 내려 보내서

수평을 이루게 하는 것이
건강을 유지하는
비결인 것이다.
이 원의 순환이
활발한 사람은
보양식이 필요하지 않다.

24
조상을 숭모崇慕하여 잘 모시니

필자가 어렸을 때에 우리 마을에 노인 한 분이 농사를 짓고 살았다. 한 명뿐인 아들은 작은 부인을 얻어서 대전에 가서 살았으므로 노인은 부인과 며느리와 손자 손녀를 거느리고 함께 살았는데, 그때는 모두 농사를 지어서 먹고 살았다.

어느 가을날 물꼬를 보러 요댕이의 논에 갔는데, 벼가 잘 되어서 바람에 너울너울 춤을 추고 있었다. 노인은 잘된 벼를 보니 기분이 너무나 좋았다. 불현듯 남에게 자랑하고픈 생각이 들어서 어디에 사람이 있는가! 살펴보니, 저쪽 가까이에 지인이 물꼬를 보고 있었으므로, 자기네 볏논에 쭈그리고 앉아서 "이보게, 내가 어디에 있는지 보이는가!" 고 소리쳤다는 것이다.

이는 '내가 농사를 잘 지었지!' 하고 자랑하는 몸짓을 이렇게 한 것이었다. 그렇다, 내가 보살펴 지은 곡식들은 나의 자식과 같은 것이니, 곡식이 잘 되어서 열매가 주렁주렁 열렸다면 누군들 남에게 자랑하고 싶지 않겠는가! 더구나 한 명뿐인 아들은 첩을 끌고 밖에 나가서 살고 있었으므로 온 가족의 부양을 떠맡은 노인의 마음에 한 해 노동의 피로가 싹 풀렸을 순간이었다.

당년의 시절時節이 좋아서 우순풍조雨順風調한다 해도 농부가 어떻게 농사를 짓는가에 따라서 풍년도 오고 흉년도 오는 것이다. 일례로, 거름을 적당히 주어야 벼가 땅에 엎치지 않고 열매를 잘 맺는 것인데, 많은 수확을 해야 한다는 욕심이 앞서서 거름을 너무 많이 주었다면, 약간의 비바람에도 벼는 엎쳐서 결국은 쭉정이만 생산하게 되는 것이다.

자식을 키우는 것도 매한가지니, 너무 사랑스런 나머지 매 한번 들지 않고 훈계 한번 하지 않고 오냐오냐하고 키우면 결국에는 자신만 알고 부모도 모르는 호로胡虜자식이 되어 '마마보이', 즉 쭉정이가 되는 것이다.

하늘이 이슬비와 소낙비를 내리고 순풍順風과 태풍을 불어대는 것은, 모두 초목과 대지에 필요하기 때문에 그렇게 양면의 날씨를 주면서 자연에 생기를 주는 것이니, 자식을 기르는 것도 이런 양면의 교육이 반드시 필요한 것이다.

두 부모의 교육을 잘 받고 자란 사람은 반드시 부모를 잘 섬기는 것이고, 또한 조상도 잘 섬기는 것이다. 실상 자신이 이 세상에 존재하는 것은 모두 조상이 있기 때문이니, 그래서 앞의 농부가 갖은 정성을 다하여 곡식을 기르듯이 조상도 이렇게 섬겨야 하는 것이다.

조상을 잘 섬기는 것은 사람이 사는 기본 조건이니, 곡식을 잘 길러서 많은 수확을 하는 것과 같이 조상을 잘 섬기는 것은 내가 잘 되는 비결인 것이다. 나의 뿌리는 조상이니까 그 뿌리를 잘 보살피면 후손은 반드시 많은 열매를 맺게 되는 것이다.

이를 몸소 실천한 사람이 있으니, 조부인 경암敬菴 곽한소郭漢紹 선생[9]의 친필문집을 영인본 경암전집 10책冊과 국역 경암전집 5집集으로 출간하여 사계斯界에 국학자료로 헌증獻贈하였을 뿐만 아니라 이를 세상에 널리 알렸고, 그리고 충북 청주시 청원구 북이면 내추리에 사비 16억원을 출연하여 청주 곽씨 세거지에 세거비를 세우고 세거공원을 조성하였다.

9 경암敬菴 곽한소郭漢紹 : 1882년 부父 곽정현과 모母 전의 이씨에게서 출생하다. 1901년 면암勉菴 최익현 선생 문하에 입문하여 수학하다. 1906년 을사조약 직후에 면암선생이 지은 "의거소략義擧疏略"을 팔도에 배포하였고, 면암이 절한 뒤에는 동료와 같이 면암문집을 편집하여 인간印刊하였으며 가숙家塾을 설치하고 후학을 길렀다. 곽종석, 김복한, 전우田愚, 송병선, 윤석봉, 기우만, 백관형 등 많은 독립지사들과 교류하였다. 1927년 46세로 타계하였고, 최창규가 찬撰하고 김웅현이 쓴 비가 있다. 선생은 많은 문집을 남겼으며, 손자 노권이 경암전집敬菴全集 10책冊을 1996년 4월 22일에 영인본으로 발행하였으나 한문으로 되어있어 읽기가 어려워 2007년 9월에 국문으로 번역한 경암전집 국역본 5집集을 전국의 각 도서관에 배포하였다.

청주 곽씨 세거비

특히, 청주 곽씨 세거공원 내에 세워진 상당가전비上黨家傳碑는 경암 곽한소 선생께서 찬술하신 청주곽문의 역사적인 기록이니, 시조 곽상郭祥(서기 795년)부터 현대(1918년)까지 1123년 동안의 문중 역사를 기록하고 있으며, 25,409자가 각자되어 대한민국 '최다 각자 비문 비석' 으로 사단법인 한국기록원에서 인증을 받았으며, 또한 인도의 ELITE WORLD RECORDS에서 세계 최고기록으로 인증을 받았다. 이러한 일을 추진하고 이룩한 이가 바로 한미반도체 산정 곽노권 회장[10]이다.

10 산정山頂 곽노권郭魯權 : 1938년 출생. 모토로라(주) 개발부장을 역임하고 한미반도체를 창업 회장을 역임했으며, 한국반도체산업협회 부회장을 역임했다. 1991년 석탑산업훈장, 1997년 동탑산업훈장, 2006년 은탑산업훈장, 2013년 금탑산업훈장 등을 수상하였고, 2012년 일자리창출지원 대통령상을 수상했으며, 2007년에는 기업인 명예의 전당에 헌정되기도 하는 등 많은 수상경력이 있다. 지금은 한미반도체 회장 겸 청주 곽씨 종친회장을 겸임하고 있다.

결국 부모에 효도하고 조상을 정성으로 숭앙하니, 연매출 2천억 원이 넘는 대기업을 이루고 전체 550명의 직원 중 200여 명의 연구원들이 열심히 연구하여 세계 최고의 반도체 기술을 자랑한다고 한다. 조상을 잘 섬기는 사람에게 내리는 축복의 본보기가 되는 것 같아서 필자도 마음이 뿌듯하다.

천하의 영재를
얻어서 기르는 것이
삼락三樂의 하나라고
맹자는 말씀했다.
그렇다면
천하의 재물을
모두 모아서
많은 사원에게
봉급 주어 살게 하고
남은 재물을 모아서
주위를 돌보고
조선祖先을 숭앙하고
위선爲先사업 수행하는 것
이도 또한
현대의 삼락三樂이 아니겠는가!

25
오씨 이야기

개화기의 어느 날 오씨가 우리 마을에 들어와서 안씨네 집에서 머슴을 살았다. 이 오씨는 농사일을 한 번도 해보지 않고 독선생을 모시고 공부만 하던 선비였는데, 어느 날 갑자기 천석千石을 받던 집안이 망하고 남의 집 머슴이 되었으니, 그 이유는 다음과 같다.

1900년대에 충남 보령에서 쌀 천석千石을 받고 살던 오씨네는 언제나 행랑채에 많은 식객이 기거寄居하였는데, 그 식객 중에 풍수風水를 잘하는 사람이 있었으니, 오씨의 아버지인 주인은 매일 풍수를 불러서 명당을 잡아서 묘를 쓰고 더 많은 복을 받으려고 산을 헤집고 다녔는데, 하루는 풍수가 하는 말,

"조부의 산소를 다른 명당에 옮기면 자손에게 큰 축복이 있겠습니다."

고 하였다. 이에 주인은 그 풍수의 말을 듣고 일자를 택일하여 조부의 산소를 이장移葬하기로 하고 산소에 가서 묘지의 봉분을 파내는데, 갑자기 하얀 안개 같은 기운이 묘지에서 불쑥 올라왔다. 그래서 풍수는 놀라서 파지 말고 봉분을 봉합하라고 말하였다.

그 후에 오씨네 집은 사람이 죽기 시작하였는데, 한 집안에 시체가 셋도 있었다고 한다. 그 뒤로 부모님도 다 돌아가시고 청년인 오씨 한 사람만 살아남아서 이리저리 전전하다가 우리 동리로 들어왔다고 한다. 이 오씨가 우리 집 뒤에 사셨는데, 필자의 조부와 벗하며 살던 것을 필자는 기억한다.

조선조에 우리 선인들은 풍수를 무슨 종교인양 믿고 따랐으니, 어느 집안이든 간에 훌륭한 자손이 자기 집안에서 출생하여 가문을 일으켜주기를 바라 마지않았다.

감나무나 밤나무, 배나무 등 과실나무를 보면, 과실이 어느 곳에 맺는지를 알 수가 있으니, 모든 과실은 나무의 끝에서 꽃을 피워서 그곳에 열매를 맺는다. 나무의 줄기는 나무를 지탱하는 데는 아주 중요한 역할을 하지만 그곳에 열매를 맺지는 못한다.

풍수설에 의하면, 명당은 반드시 산자락에 있다고 한다. 그래서 우리의 산을 다녀보면, 묘지는 산중턱과 산꼭대기에는 없고 산자락에 있는 것을 볼 수가 있다. 이는 과실나무의 열매가 나뭇가지의 끝에 맺히는 이치와 같다.

그러므로 과수원의 주인은 해마다 절지折枝를 하는데, 이는 절지한 곳에서 새순이 나오고, 그 새순에서 많은 열매를 맺으라는 것이다. 이러므로 과수원의 성패여부는 절지를 얼마나 잘하느냐에 달린 것이다.

인체의 12경락을 보아도 중요한 요혈要穴은 손끝과 발끝에 있는 것이니, 이도 또한 명당이 산자락에 있는 이치와 맥을 같이 한다. 그러므로 한의사들이 침을 놓을 때는, 손끝과 발끝에 놓는 것이다. 병은 오장에서 발생했는데, 침은 저 멀리에 있는 손발의 끝에 놓는 것이니, 이는 장부의 경락이 손끝과 발끝에서 시작하여 장부로 들어가기 때문에 여기에 침을 놓으면 병이 낫는 것이다.

따뜻한 남풍이 불면
초목은 새순이 나오고
그리고
꽃이 피고
열매를 맺는다.

사람도 이와 같으니
새순인 자식이 중요하고
손자가 중요한 것이다.
집안의 미래를 생각한다면
새순인
자식과 손자에게
투자를 아끼지 말지니
미래는
그들이 주인이다.

26
이름 짓기〔作名〕

공자는 추읍에 사는 숙량흘叔梁紇의 아들인데, 어머니는 안징재이다. 숙량흘과 안징재가 니구산尼丘山에 가서 기도를 올리고 공자를 낳았으므로, 이름은 니구산尼丘山의 구丘자를 따와서 구丘라 하였고, 자字는 중니仲尼라 했으니, 중仲은 두 번째란 말이고, 니尼는 니구산尼丘山에서 니尼자를 따와서 붙인 것이다.

필자는 공자의 학문인 유학을 공부하고 공자를 사모하는 사람으로서, 수년 전에 성균관대학교 유학대학원에서 주최하는 "태산곡부유적탐방" 이라는 프로에 참여하여 니구산尼丘山을 탐방했다. 이곳에는 공자의 부친 숙량흘을 모시는 사당이 있고, 맹모삼천孟母三遷으로 유명한 맹자 어머니를 기리는 "맹모단기孟母斷機" 라는 비가 있었다.

'맹모단기'는 맹자 어머니를 기리는 비인데, 맹모는 훌륭한 선생을 찾아서 아들을 맡기고, 그곳에서 열심히 공부하라 당부하고 집에 돌아와 베를 짜고 있었다.

어머니를 떠나와서 공부하던 어린 맹자는 어머니가 보고 싶어서 견딜 수가 없었다. 이에 예고도 없이 불쑥 어머니를 찾아 내려왔는데, 이때 어머니는 베를 짜고 있었다.

"어머니! 제가 어머니를 보고픈 마음에 이렇게 갑자기 찾아왔습니다."

고 하니, 맹모는 아무 말이 없이 자신이 짜고 있던 베틀의 베를 칼로 잘라내면서 아들에게 말했다.

"네가 중도에 학문을 포기하는 것은 이와 같다."

고 하니, 맹자는 그 길로 선생께로 돌아가서 열심히 공부를 해서 대현大賢이 되었다고 한다. 이를 기념하여 세운 비가 "맹모단기孟母斷機"이다.

또한 조선 말엽에 나합羅閤이라는 여인이 있었으니, 조선 철종조에 안동김문의 세도 정치가 극에 달했을 때, 안동김문의 수장인 김좌근의 소실이다. 그녀는 본래 나주지방의 기생인데, 지방에서 기명妓名이 자자하다 보니 이름이 서울까지 알려졌고, 서울의 세도가 중의 세도가인 안동김문의 수장 김좌근이 호기심에 서울로 불러 올렸는데, 예상외로 아름다운 몸매에 지닌 기예가 특별하여 아예 소실로 들어앉히고 노욕老慾을 즐기는 도구로 사용했다고 한다.

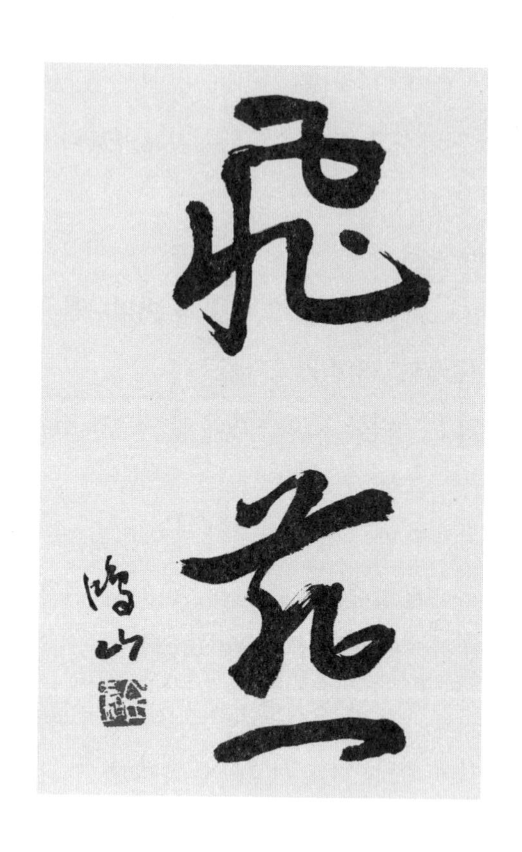

나합羅閤이란 이름은 그 여인의 이름이 아니고 당시 관직 중에 합하閤下라 칭하는 정1품의 고관들에게만 붙여주는 호칭이었는데, 나합이 김좌근을 업고 지방 방백들의 벼슬자리를 자기 맘대로 붙였다 떼었다 하는 바람에 합하閤下의 합閤자를 붙이고, 그리고 고향이 전라도 나주인지라, 나주의 첫 자인 나羅자를 앞에 붙여서 나합이 되었다고 한다.

당시 나합의 권세는 하늘을 찌를 정도였으므로, 지방수령이라도 되려는 야심이 있는 벼슬아치 지망생들은 나합에게 청탁을 하려고 항상 김좌근과 나합이 사는 집 마당에는 문전성시를 이루었다고 한다. 그리고 실제로 나합이 힘을 쓰면 지방수령으로 나가는 것은 식은 죽 먹기보다 쉬웠다고 한다.

권세가 붙은 나합은 도도하고 오만방자하였는데, 어느 날 김좌근이 퇴청하여 집으로 돌아오자,

"영감, 집 대청에 앉아 도성을 굽어보고 싶은데, 아래채가 높아 앞을 가려 답답하기 그지없습니다."

고 하였다. 이에 아래채의 기둥 밑을 조금 베어내어 낮춰주었는데, 이번에는 앞집이 가려서 보이지 않았다. 이에 나합은 또 김좌근 대감에게,

"저 집도 낮추어서 앞의 전망이 보이게 해주세요."

고 하였다.

아무리 조선의 세도가이지만, 남의 집을 낮추게 할 수는 없었다. 그러나 애첩의 소원을 들어주지 않을 수도 없어서 고민하던 끝에 그 집을 매입하여 허물어서 앞의 전망이 잘 보이게 했다는 고사가 있다.

요즘은 작명을 음양오행설에 근거하여 먼저 그 사람의 사주를 보아서 그 사람에게 부족한 면을 채워주는 형식으로 이름을 짓는다.

필자도 이따금 작명의 부탁을 받기도 하는데, 이는 필자가 한문을 많이 안다는 이유로 부탁을 한다. 그래서 필자도 오행을 맞추어서 작명을 하여주지만, 실상은 공자의 이름과 자字를 출생의 연고에

따라서 지었듯이 그렇게 하면 되는 것이다.

조선 성리학의 대가인 퇴계退溪선생도, 집 앞에 흐르는 내〔川〕가 퇴계이므로 그 이름을 따서 퇴계라 하였고, 그리고 율곡栗谷선생의 호號는 재미있는 설화가 있다.

율곡의 어머니 신사임당이 강릉 오죽헌에서 아기(율곡)를 보고 있는데, 스님이 찾아와서 "이 아이는 장차 큰 인물이 될 상인데, 화禍가 끼어있어서 어린 시절에 호랑이에게 물려죽을 상이오."
고 하였다. 이에 사임당이 호환을 방지할 수 있는 방법은 없겠냐고 물었다. 이에 스님은 집 뒤에 밤나무 일천 그루를 심으면 방지가 된다고 했다. 이에 사임당은 밤나무 천 주를 심었다.

세월은 흘러서 율곡이 어린이가 되었는데, 호랑이가 나타나서

"이 아이는 호랑이에 물려죽을 상이니 잡아가겠다."고 하였다. 이에 사임당은 "무슨 말인가! 그 화를 방지하기 위해서 집 뒤에 밤나무 일천 주를 심었다."
고 하니, 호랑이는 그 밤나무를 세어보자고 하였다.

하나 둘 셋 — 구백아흔아홉하고 밤나무 한 주가 모자랐다. 사임당은 난감해했는데, 갑자기 옆에 나도밤나무 한 그루가 나풀거리고 있었다. 이에 사임당은

"여기에도 밤나무가 있지 않느냐."
고 하니, 호랑이는 그냥 가버렸다고 한다.

이런 설화가 있기에 율곡栗谷이라고 호를 지었다고 하니, 음양오행설과는 아무런 연관이 없는 호이지만, 조선 제일의 성리학자가 되어서 후학들의 추앙을 받고 있지 않은가!

낮에는
해가 운행하고
밤이 되면
달이 지나가며
무수한 별들이
찬란히 빛을 발한다.
사람은 이를 보고
우연한 일이라 치부한다.
그러나
지구의 위도가
1도만 기울어도
천지는 개벽한다.
그러므로
사람의 이름과 아호도
그 인물과 어우러져서
이 세상에
한 점을 찍는 것이다.

27
선비, 농부, 장인, 상인〔士農工商〕

조선은 계급사회였으니, 계급의 체계는 우리들이 잘 알고 있는 '사농공상士農工商'의 순서대로 선비, 즉 유학儒學을 공부한 사람을 첫째에 놓았고, 다음은 농사를 짓는 농부이며, 다음은 장인匠人, 즉 물건을 만들어서 파는 사람이고, 다음은 장사를 해서 살아가는 상인이다.

그러면 왜 이러한 순위를 세워서 대우했는가! 아래에 순서에 의해서 필자가 아는 대로 기록해보려고 한다.

■ 선비

선비는 유학儒學을 많이 공부한 사람을 말하니, '수신제가치국평천하修身齊家治國平天下'를 기본이념으로 삼아서 이를 실천하려는 사람이다.

수신修身은 자신을 수양한다는 말이니, 즉 공부를 열심히 하고 성인聖人의 말씀을 따라서 착하게 살며, 나라에는 충성하고, 부모님께는 효도하며, 형제에게는 우애하고, 친구에게는 신의가 있어야 하며, 나이가 많은 어른은 존경하고, 어린이는 사랑으로 대하며, 부부간에는 남녀의 맡은 바 일의 구분을 잘해서 남편이 된 자는 밖에 나가서 일을 열심히 하여 가족을 부양하는 등, 타의 모범이 되는 행위를 하는 것을 말한다.

제가齊家는 집안을 가지런하게 다스린다는 말이니, 사람이 공부해서 입신立身[11]하면 먼저 나의 가정을 잘 다스려서 평온한 가정을 꾸려야 한다. 집안에서 부부간에 불화하고 형제간에 싸우는 모습이 외부에 드러나지 않아야 하니, 즉 화목한 가정을 만드는 것을 제가齊家라 하는 것이다. 이는 치국治國의 전 단계이니, 자기 가정을 잘 다스리지 못하는 자가 관리나 정치인이 되어서 백성들 위에 군림할 수 없다는 말과 통한다.

치국治國은 무엇인가! 먼저 공부를 열심히 하고 집안을 잘 다스린 뒤에 과거시험에 합격해서 국가의 봉록을 먹으면서 국가에 보국輔國하는 것을 말하니, 국가의 공무원이 되어서는 자신의 사사로운 마음을 없애고 오직 나라를 위해서 열심히 일해야 한다. 자신이 일을 잘 하면 모든 국민이 편안하게 살게 된다는 것을 목표로 삼아서 그대로 살아가는 것을 말한다.

11 입신立身 : 명예나 부, 확고한 지위 등을 획득하여 사회적으로 출세함.

지금 '명량' 이라는 영화가 세상에서 바람을 일으키고 있는데, 이를 명량대첩鳴梁大捷 또는 명량해전鳴梁海戰을 말하는 것으로, 1597년(선조 30) 음력 9월 16일(양력 10월 25일) 정유재란 때 이순신이 지휘하는 조선 수군 12척이 명량에서 일본 수군 133척(총 참여 함선은 333척)을 물리친 사건으로, 세계 전사에 가장 빛나는 해전을 말한다. 이러한 일들이 모두 치국治國에 해당하는 것이다.

평천하平天下는, 치국治國의 다음 단계로, 먼저 자신이 몸담은 나라를 잘 다스린 뒤에 세계의 사람들이 모두 편안하게 잘 살 수 있도록 한다는 말이니, 이 말씀을 할 당시의 천하는, 서양이 있는 것을 몰랐으므로 오직 중국의 주변, 즉 아시아를 천하로 본 것이다.

은殷의 탕湯왕은 학정을 일삼는 하夏의 걸왕桀王을 몰아내고 천하의 백성이 편안히 살 수 있는 세상을 만들었으며, 주周의 무왕武王은 포악한 은殷의 주왕紂王을 몰아내고 천하를 평정하여 온 국민들이 마음 놓고 잘 살 수 있는 세상을 만든 것 등의 일이 평천하에 해당한다.

선비의 일은 처음에는 수신修身에서 시작했지만, 끝내는 세계가 평화롭게 살 수 있는 세상을 만드는 것을 목표삼아서 평생토록 노력하며 살아가는 사람이니, 제1의 자리에 들어가야 되지 않겠는가!

■ 농부

오직 하늘과 땅만 바라보고 땅을 파서 먹고 사는 것을 천직으로 삼는 사람을 말한다. 산에 가서 나무를 해다가 불을 때어 방을 따뜻하게 만들어서 부모님께서 아무 걱정 없이 사시게 하고, 들에 가서 논밭을 갈아서 곡식을 수확하여 부모님과 가족을 부양함을 나의 천직으로 삼고 아무런 욕심 없이 살아가는 사람이, 곧 농부이다.

봄이 오면 논밭을 갈아 씨앗을 파종하고, 여름이 되면 김을 매고, 가을이 되면 익은 곡식을 탈곡해서 곳간에 저장하고, 겨울이 되면 갈무리하여 저장한 곡식으로 밥을 지어서 온 식구가 화기애애하게 살아가는 사람이 농부이니, 농부는 남을 속이고 싸울 필요가 없는 순박한 사람들이니, 이를 그 두 번째로 둔 것이다.

■ 장인〔匠〕

장인匠人은 물건을 만들어서 시장에 내다팔아서 먹고 사는 사람을 말한다. 이를 공工쟁이라고도 한다. 곧 이익을 위해서 일을 하는 사람들이니, 맹자가 말씀한 '대의大義와 소리小利' 중에 오직 소리小利를 목표로 삼아서 사는 사람이므로, 조선에서는 자신의 이익만을 위해 사는 사람을 천하게 본 데서 농부의 다음으로 삼은 것이다.

현대에서의 장인은 제조회사를 말하는데, 필자가 제조회사의 욕심부리는 행위 하나를 예를 들어서 말하겠다.

한국의 제일 큰 대기업에서 프린터를 만들어서 팔았고, 필자도 그 프린터를 샀다. 처음에는 토너의 용기가 컸기 때문에 잉크도 많이 들어있어서 많은 용지를 복사할 수 있었다. 그런데 한 3년 지나서는 토너의 용기를 절반으로 줄인 프린터를 만들어서 팔고 있었다. 용기가 줄었으니 잉크도 적게 들어가고 복사하는 양도 반으로 확 줄었으니, 결국은 대기업인 프린터 회사만 이득을 보는 것이고, 그 기계를 쓰는 가난한 서민들은 날로 손해를 보고 있는 것이 지금의 형편이다.

돈을 많이 번 대기업은 그 돈을 벌게 해준 시민들을 고맙게 생각하고 자신의 부富를 다시 사회에 환원해야 한다는 마음을 가져야 한다. 이러한 회사가 많아야 살기 좋은 세상이고 살만한 세상이 되는 것이다.

마포 사는 황부자처럼 많은 돈을 가진 갑부가 더 벌려고 갖은 못된 짓을 하는 것을 보면 피가 거꾸로 오른다. 사람이 죽으면 3평의 묘지에 들어가는 것인데, 왜들 그러는지 모를 일이다. 이런 사람들을 졸부拙夫라고 하는 것이니, 이렇기 때문에 제3위에 올려놓은 듯하다.

■ 상인

장사꾼이 왈, '이 물건은 한 푼도 남는 것 없이 팝니다.' 고 하는 말은 모두 빨간 거짓말이라고 한다. 장사꾼은 언제나 거짓말을 입에 달고 산다. 물건을 사는 사람들이 밑진다고 해야 물건을 싸게 사는 줄 알므로, 하나라도 더 팔아야 하는 상인들로서는 '남지 않는다.' 라는 말을 식은 죽 먹듯이 하는 것이다.

《천자문》에 '자기의 잘못된 점이 있는 것을 알면 즉시 고쳐야 한다.〔知過必改.〕' 라는 말이 있다. 그러나 장사꾼은 매일 거짓말을 하며 물건을 팔아먹어도, 자기가 거짓을 말한 것이 잘못된 짓이라는 것을 모르고 산다. 그러므로 맨 끝에 상인을 놓은 것이다.

■ 결론

위의 선비와 농부와 장인과 상인의 삶을 보면, 오늘날에 생각해 보아도 과연 선비의 남을 위하여 사는 삶이야말로 참으로 으뜸으로 칠 것은 명확할 것이다. 그리고 농부는 모든 것을 자연에 맡기고 자연에서 주는 것을 그냥 받아서 먹고 사니 죄를 지을 수가 없는 것이다.

그러나 자신의 이익만을 위해서 빈한한 서민들의 호주머니를 털어내는 사람, 더욱이 이 사람이 남보다 잘 사는 부자라고 한다면, 이를 보는 사람들의 마음은 어떻겠는가! 그리고 먹고 살기 위해서 날마다 거짓말을 하면서 장사를 하는 사람들을 어떻게 보아야 하는가!

깨끗한 돈을 벌고
깨끗한 밥을 먹으며
깨끗한 집에서 살고
깨끗한 마음을 간직하고
깨끗이 산다면
여기가
천국이고
극락이고
무릉도원인 것이다.

28
쓰레기만도 못한 사람

오늘 아침에 아침운동을 하고 집으로 돌아오는데, 잘 아는 지인 한 사람이 길에서 쓰레기를 줍고 있었다. 복장은 영화에서 본 것 같은 카우보이복장에 열심히 길을 쓸고 있었으니, 이런 행위가 필자에게는 신선한 충격으로 다가왔다.

모든 사람들은 새벽잠에 빠진 이 시각에 바쁜 일로 새벽별이 총총한 새벽에 일어나서 출근하다보면, 청소부들은 부지런히 움직이며 거리에 흩어진 쓰레기를 청소하는 것을 볼 수가 있다.

이들 청소부들의 부지런한 청소 덕분에 시민들의 아침 출근길은 더욱 상쾌하고 활기가 차다. 역설적이지만, 만약 아무리 밤잠을 잘 자고 하루의 희망을 가슴에 가득 담고 신선한 마음으로 출근을 한다 해도, 지저분한 길이 출근하는 사람의 앞을 맞는다면, 금방 우울한 마음으로 변하여 하루 일과가 엉망이 될 것이니, 이들 청소부들의 역할이 얼마나 중요한 것인가!

사람의 마음은 항상 변하는 것이니, 이를 옛사람들은 칠정七情이 변화하는 것이라 불었다. 칠정七情은 희노애락애오욕喜怒哀樂愛惡欲을 말하는데, 금방 해해하고 웃다가 금새 슬픔에 잠기고 또는 엉엉 우는 것이 사람의 마음인 것이니, 이를 잘 다스리는 사람이 능력이 있는 사람인 것이다. 그런데 청소부들은 이런 변하기 쉬운 사람의 마음을 상쾌한 마음으로 바꾸어주는 일을 하니, 남들이 보기에는 혹 천한 직업으로 보이지만, 이는 분명 천사의 직업이라는 생각이 든다.

쓰레기를 말한다면, 어찌 길거리의 쓰레기만 쓰레기인가! 우리 사람들의 마음속에 있는 온갖 나쁜 마음과 나쁜 행위도 모두 쓸어 없애야 할 쓰레기이다. 이런 쓰레기 같은 인간들은 우리 대한민국에서 절대로 사절하는 인간들인데, 이런 인간들이 더욱 날뛰며 살고 있으니, 어찌하면 좋은가!

좀 더 구체적으로 말하면, 못된 정치가를 꼽고 싶다. 이들은 겉으로는 국가를 위한답시고 야단법석을 하지만, 뒤로는 자기의 사리사욕을 채우는데 눈이 어두운 자들이다. 다음은 종교를 빙자하여 사욕을 챙기는 자들이니, 이들은 신도들의 영적지도자인양 설교를 하며 떠들지만, 뒤로는 자기의 사욕을 챙기고 교인 전체가 합심하여 이룩한 교회를 자기 자식에게 물려주는 얌체 목사들이 많은 것으로 안다. 이도 분명 쓰레기가 아닌가!

다음은 일부 경제인을 들 수가 있다. 국가의 혜택은 제일 많이 받아 기업을 일으킨 뒤에는, 세금포탈, 분식회계 등 온갖 탈법을 저지르고, 혹 검찰에 잡혀서 재판이라도 받을 양이면 많지 않은 나이에 링겔을 몸에 꽂고 휠체어를 타고 재판장에 출장하는 모습은 과연 가관이다. 이런 자도 쓰레기인 것이다.

이런 쓰레기 같은 인간이 이 나라에서 활동하지 못하게 하려면, 첫째로 엄격한 법을 적용하여 제재를 가해야 하니, "삼국지연의" 에서 제갈공명이 사랑하는 부하장수인 마속을 군율에 처단한 것 〔읍참마속泣斬馬謖〕[12] 같이 해야 한다.

서릿발 같은 법을 세워놓고 이를 국민 모두에게 균등하게 적용한다면 남의 눈을 잠깐 속이고 보자는 한심한 인간들은 사라질 것이

12 읍참마속泣斬馬謖 : 〈삼국지〉 "촉지" '마속전' 에 제갈량이 위나라를 공략하는 과정에서 가정街亭의 전투에 마속을 사령관으로 임명하고 평지에 진을 치라고 했으나, 마속은 자신의 생각대로 산에 진을 쳤다가 대패를 당하고 말았다. 마속은 제갈량이 아끼는 장수에 친우 마량의 아우였지만 지시를 어기고 패전한 책임을 물어 참수했다. 그리고 장수들에게 군율의 엄중함을 강조했다.

니, 이런 쓰레기가 이 금수강산에서 사라지는 날이 온다면 얼마나 좋겠는가!

어느 시인은
껍데기는 가라 했지만
나는
쓰레기는 가라고 말하고 싶다.
쓰레기가 모인 곳에는
구더기만 우글댄다.
이를 치우는 자 누구인가!
바로 청소부이다.
이 강산을
깨끗이 청소하는 사람
이는 분명
산소 같은 사람이니
우리의 천사들이다.

29
날짐승과의 전쟁

지금(2014)으로부터 15년 전에 필자가 살고 있는 의정부시 장암동에 있는 대우 푸르지오아파트 자리는 잡초만 우거진 공터였는데, 필자가 약 10평 정도 개간하여 주말농장을 만들고 고구마와 여러 가지 채소를 심었다.

봄에는 가뭄으로 인하여 이웃에 있는 어느 집에서 물을 받아서 물지게에 져다 주느라 정말 고생을 많이 했다. 뿌린 씨앗이 나지 않아서 그 위에 또 씨를 뿌리고 하기를 여러 번 해서 겨우 약간의 채소를 기를 수가 있었다.

가을이 되어서 고구마 밭의 고구마 넝쿨은 제법 많이 뻗어나가서 비로소 고구마 밭의 형태를 이루고 있었는데, 어느 날 가보니, 어느 짐승이 땅을 파고 고구마를 쪼아 먹은 흔적이 여기저기에 많았다.

더 자세히 말하면, 겹데기는 남기고 그 안의 고구마 속만 파먹는 식이었다.

나는 생각하기를, '산짐승이 와서 고구마를 캐먹는구나!' 하고, '이 짐승을 쫓던지, 아님 잡아야 나의 고구마 밭을 지킬 수 있다.' 고 생각하기에 이르렀는데, 밤에 이곳에 와서 지킨다는 것은 직장을 가진 나로서는 할 수 없는 일이었다. 그러면 무슨 방법이 없을까! 하고 생각한 끝에 올무를 만들어서 그 짐승을 잡아야겠다는 마음을 먹고, 올무를 만들어서 밭의 이랑에 설치하고 매일 아침이면 고구마 밭의 도적놈인 짐승이 혹 잡히지 않았는가 하고 가 보았지만 잡힌 짐승은 하나도 보이지 않았다.

어느 날 이웃에서 주말농장을 하는 아줌마가 하는 말, "낮에 많은 꿩이 날아와서 고구마를 파먹는 것을 보았습니다." 고 하기에, 나는 그제야 짐승의 짓이 아니고 날짐승인 꿩이 한 짓임을 깨달았다. 결국 고구마 수확은 꿩이 절반을 먹고 내가 절반을 캐오는 수밖에 없었다.

작년에는 땅콩을 두 이랑을 심었는데, 거름을 주지 않았는데도 땅콩은 잘 자랐다. 가을이 되어서 잘 자란 땅콩 밭을 보면 흐뭇하여 웃음이 나왔는데, 하루는 이웃에서 주말농장을 하는 사람이 땅콩을 캐기에, '벌써 땅콩을 캡니까!' 하고 물으니, '네, 어제 나의 고향 상주에 다녀왔는데 그곳은 벌써 땅콩을 다 캤습니다.' 고 하였다.

그래서 급히 우리 땅콩 밭에 가보니, 밭이랑 사이에 땅콩의 껍질이 이리저리 흩어져 있었다. 아! 우리 밭의 땅콩도 새들이 와서 파먹었구나! 생각하고 즉시 땅콩을 캐었는데, 새들이 벌써 다 파먹고 남은 것은 쭉정이 뿐이었다. 겨우 남은 땅콩 얼마를 수확하여 먹은 기억이 생생하다. 그래서 올해는 땅콩을 아예 심지 않았다.

우리들은 아침에 일어나서 산새의 우는 소리를 들으면 기분이 공연히 좋아지고 상쾌함을 느끼는 기분 좋은 추억만 가지고 있다. 그래서 옛날 시인들은 한시에 "설진원림조어청雪盡園林鳥語淸 : 눈 녹은 동산에 새들은 청아하게 울어대고"라고 하면서 새들을 아주 아름답게 노래하였는데, 오늘을 사는 농부들은 새들을 마냥 아름답게만 볼 수는 없는 듯싶다.

1년 동안 힘들여 기른 작물을 새들이 몰려와서 다 쪼아 먹으니, 이는 농부의 원수가 되는 셈이다. 어쩌다 새들이 농부의 원수 같은

존재가 되었는가!

이는 산에 새들이 먹을 양식이 부족해서 밭으로 날아들어서 사람이 기른 곡식을 쪼아 먹는 것인가! 아님 쉽게 양식을 구하려고 익은 곡식이 많은 밭으로 날아오는 것인가! 그러나 어찌 새가 내 것, 남의 것을 알겠는가! 천지에 있는 모든 것이 다 내 것이 아니고 무엇이겠는가! 공연히 사람이 네 것, 내 것의 경계를 그어놓고 다투는 것은 아닌지 생각해 볼 일이다.

본래
천지는
모두의 소유이다.
오늘날도
조수鳥獸와 초목은
옛날과 같이 사는데
사람만
네 것 내 것을
다투며 살아가는가!

30
산짐승과의 전쟁

작년에 주말농장을 하면서 가을이 되어서 배추와 무를 심었다.

배추는 의정부 제일시장에서 모종을 사다 심었고, 무는 씨를 구입해서 밭에 뿌렸다. 씨앗이 땅에 뿌리를 내리고 땅 위로 두 잎이 솟아나와 양옆으로 갈라지면 살충제를 약하게 타서 그 위에 뿌려야 나중에 나온 잎이 곰보 같은 구멍이 뻥뻥 뚫리지 않는다.

만약 이때에 약을 뿌리지 않으면 구멍이 숭숭 뚫어져서 좋지 않은 상품이 되고 만다. 어떤 사람은 주말 농장을 하면서 무엇 때문에 농약을 주느냐고 말하지만, 그러나 이때에 주는 옅은 농약은 인체에 전혀 해가 되지 않고, 그리고 처음에 나온 잎은 나중에 우리가 음식을 만들어서 먹을 때는 가장 겉에 있는 떡잎이므로 떼어내어 버려야 하는 잎에 불과하니, 설사 농약을 주었다 해도 인체와는 무관한 농약이 되는 것이다.

무의 잎이 나와서 제법 예쁘게 자라고 있는데, 어느 날 밤에 고라니가 와서 그 여리고 파란 잎을 거의 다 뜯어 먹었다. 속이 상한 나는 고라니가 들어오는 방향을 가늠하여 말뚝을 박고 거적을 쳐서 고라니가 들어오지 못하도록 막았다.

며칠 뒤에 나풀나풀 예쁜 속잎이 또 나왔는데, 또 고라니가 와서 뜯어먹었다. 얼마나 맛있게 뜯어먹었는지 여기저기 흘린 무 잎이 너부러져 있었다.

주위에는 다른 사람이 심은 무와 배추들의 어린잎이 많았는데, 고라니는 어째서 내가 심은 무 잎만 와서 먹는지, 나는 속이 부글부글 끓는데 옆에서 주말농장을 하는 어느 학교 선생은

"선생님이 키운 무 잎이 맛이 좋은 모양이죠. 하하하—"

하고 웃었다. 남은 속상해 죽을 지경인데…

나중에 안 일이지만, 고라니 등 산짐승은 처음에 뜯어먹은 잎이 맛이 있다는 것을 알게 되면, 이를 기억해 놓았다가 배가 고프면 또다시 그곳으로 와서 그 잎을 뜯어먹는 성질이 있다는 것이다. 결국 나는 고라니의 먹거리는 생산했으나 무 농사는 폐농을 하고 말았다.

채소밭가에 호박을 심었는데, 가을의 어느 날 밭가에 있는 잡초를 보니 서리를 맞고 말라 쓰러져 있어서 익은 호박이 어디에 있는가 하고 주위를 돌아다니며 찾는데, 갑자기 아래 밭의 풀숲에서 고라니 한 마리가 후닥닥 뛰어 달아나는 것이었다. 살이 쪄서 뒷다리가 투실투실한 고라니였다. 결국 이놈의 고라니가 아래 밭의 풀숲에 살면서 낮에는 자고 밤이 되면 위 밭으로 올라와서 내가 심은 무를 매일 뜯어먹은 것이었다.

요즘 농촌에는 산짐승과 한참 전쟁을 치루고 있다. 밭은 거의가 산자락에 있는데, 산에 사는 산짐승은 밤이 되면 엉금엉금 밭으로 내려와서 사람이 심어놓은 곡식을 파먹거나 뜯어먹고 돌아가니 농민은 죽을 지경이다.

멧돼지가 고구마 밭에 나타나면 그 고구마 밭은 완전히 폐허가 된다고 한다. 그도 그럴 것이 돼지는 다산多産의 동물이다. 한 번에 10마리, 12마리를 낳아서 기른다. 그러므로 멧돼지는 어미와 새끼가 떼로 몰려다니면서 생활하므로 이들이 한 번 밭에 나타나면 밭의 곡식은 남는 게 없다. 정말로 농민의 마음을 허탈하게 만들고 마는 것이 오늘날 농촌의 현실이다.

그런데 듣는 말에 의하면, 산짐승을 잡으면 법에 걸린다고 한다. 그렇다면 산짐승은 농민이 가꿔놓은 곡식을 마음대로 헤집고 다니면서 파먹고 뜯어먹는데, 국민의 재산을 지켜야 하는 나라의 법은

짐승을 잡지도 못하게 법을 만들어 놓았으니, 이 나라의 법은 산짐승을 위해서 만들어놓은 법이란 말인가!

예전에는 농부가 밭에 씨를 뿌리고 잘 가꾸기만 하면 많은 수확收穫을 거뒀는데, 오늘날의 농부는 산짐승이 논밭에 들어오지 못하도록 밭가에 말뚝을 박고 거적을 둘러쳐야 하는 일이 추가되었다. 이런 일이 아니어도 일손이 모자라는 판인데, 말뚝과 거적을 사다가 품을 내어 쳐야하므로 재료를 사는 비용에 설치하는 비용까지 추가하게 되었으니, 농사짓는 비용은 느는데 생산은 늘지 않는 구조가 되고 말았다.

사실 산짐승도 날짐승도 먹고 살 수 있는 세상이 좋은 세상이다. 그러나 우리의 산에는 맹수가 사라져서 먹이사슬이 파괴되어 산돼

지와 고라니를 잡아먹고 사는 맹수가 없으므로, 개체수가 많아진 이들 산짐승이 논밭에 내려와서 사람들이 힘들여서 지은 곡식을 아무런 죄의식 없이 파먹고 쪼아 먹는 셈이다.

정부는 이런 이상한 동물보호법을 하루 빨리 재정비하여 피해를 보는 농민만이라도 산짐승을 잡을 수 있는 법을 만들어야 한다.

사실 사람, 산짐승, 들짐승, 날짐승 등이 모두 균형을 이루어 사는 사회가 아름다운 사회이다. 만약 어느 한쪽이 과다하게 많게 되면 균형이 깨져서 혼란이 오고 만다. 이를 미리 방지하는 것이 정치이고 정부가 할 일이다.

우리 속담에 "산에 가서 사냥하고 바다에 가서 고기 잡는다."는 말이 있다. 이는 '잡아먹는다.'는 말이 언뜻 들으면, 백정들이나 하는 무지막지한 말로 들리나, 개체 수의 균형을 위해서는 상호 먹이사슬이 잘 유지되어야 대자연에 평화가 유지되는 것이고, 이것이 이 세상이 유지되고 생성하는 하나의 과정인 것이다.

짐승은
산에 살고
새들은
숲에 살고
물고기는
물에 살고

사람은
마을에 살아야 한다.

세상의 만물이
각기 제자리를 잡고
열심히 살아가는 것
이것이
아름다운 자연에 대한
최고의 보답이요,
아름다운
삶인 것이다.

31

물은 낮은 곳으로 흐르고 구름은 바람 부는 대로 가는데

옛날 어떤 사람이 길을 가는데, 누가 길가에 앉아서 파란 실과 빨간 실을 서로 맺고〔結〕 있었다.

'무엇을 하는 겁니까!' 고 물으니,

'내가 이걸 맺어놓으면 둘이 부부가 된다.' 고 하였다. '그렇다면 나는 누구와 결혼을 하게 되어 있습니까!' 고 물으니, 노인이 살펴보고

'아랫집의 노파 등에 업힌 아이가 당신의 배필이오.' 고 하였다.

이 사람은 나이가 차서 당장 신부를 맞아야 하는데, 그 어린아이가 언제 크기를 기다려서 결혼을 하는가! 곰곰이 생각한 그 사람은,

'그 노파의 등에 업힌 아이를 죽이면 다른 사람을 신부로 맞을 수가 있겠지.'

이렇게 마음을 먹은 그는 어느 날 복면을 하고 갑자기 노파의 등에 업힌 아이를 칼로 찌르고 멀리 달아났다.

홀로 객지에 도망하여 와서 사는 관계로 자연히 결혼이 늦어졌다. 그는 늦은 나이에 중매를 통하여 예쁜 색시와 결혼을 하여 잘 살고 있었는데, 색시의 다리에 커다란 흉터가 있기에 물어보았다.

'대체 이 흉터는 무슨 일로 생긴 것이오.' 하니,

'할머니의 등에 업혀있는데, 어떤 복면한 남자가 갑자기 찌르고 달아났다.' 고 할머니께서 말씀하셨습니다.

이 사람은 속으로 생각하기를,

'운명을 넘을 수는 없는 것이로구나!'

고 생각하고, 그 색시와 평생 잘 살았다고 한다.

물은 낮은 곳으로 흐르고 구름은 바람 부는 대로 가는데, 세상에는 물을 거꾸로 거슬러 흐르게 하려고 노력하는 사람들이 꽤나 많다.

이런 사람은 노력은 남들보다 몇 곱절 많이 하지만, 결국에 얻는 것은 아무것도 없을 것이다.

왜 이런 현상이 일어나는가!

나는 왜 내 마음 먹은 대로 되지 않는가! 왜 나는 예쁜 여자와 결혼을 못하는가! 나는 왜 돈이 남들처럼 많지 못한가! 세상을 살아가면서 의문이 나는 일은 하나둘이 아니다.

공자는《주역》곤괘 문언에,

"덕을 많이 쌓은 집안에 반드시 남은 경사(좋은 일)가 있다.〔積德之家 必有餘慶〕"고 하였다. 부언하여 말하면, '착한 일을 많이 한 집안은 후일에 반드시 자손이 잘 될 것이다.' 라는 말과 같은 뜻이다.

우리들이 나무를 심고 물을 주고 거름을 주면, 그 나무는 잘 자라지 말라고 고사를 지내도 쑥쑥 잘 자란다. 왜냐면 나무가 잘 자랄 수 있는 세 가지 조건을 모두 갖추었기 때문이다.

이와 매한가지로 사람의 일도 이런 조건을 잘 갖춘 집안의 자녀는 앞길이 확 풀려서 잘 되는 것이고, 그렇지 못한 집안의 자녀는 본인이 많은 노력을 해도 기본 여건이 부족하여 노력한 만큼 성과가 나지 않는 것이다.

사람들은 이런 기본 조건을 모두 무시하고 우리 아이는 누구보다 머리도 좋고 좋은 대학을 나와서 모든 조건을 다 갖추었는데도, 왜 누구처럼 잘 풀리지 않는지 모르겠다고 아쉬움을 표하는 사람이 많다.

'자녀가 잘 나가느냐! 못 나가느냐!'는 모두 부조父祖의 행실이 어떠하냐! 에 따라 결정이 된다고《주역》곤괘 문언에서 분명히 말했는데, 요즘의 현대인들은 동양 최고의 고전인 주역의 말씀을 무시하고 훌륭한 가정교사를 붙이고 얼굴을 성형하여 인물을 만들려고만 하니, 부작용이 나오고 시행착오가 나오는 것이다.

흐르는 물을 막아보지만, 물은 넘쳐서 흐르고 바람에 나는 구름을 막을 수가 없는 것이니, 이 세상은 순리에 따라 살아가는 것이다. 작심하고 천리天理을 막아보지만, 이는 순간일 뿐 세상은 순리에 의하여 흘러가는 것이다.

누가
물의 흐름을
막을 수 있는가!
누가
세월의 흐름을
막을 수 있는가!
누가
떠도는 구름을
막을 수 있는가!

누가
불어오는 태풍을
막을 수 있는가!

사람은
순리를 따르면 살고
역리를 따르면 죽는 것이니
물처럼 바람처럼
시월時月 따라
그냥 흘러가는 것이다.
바보처럼.

32

자식을 낳지 않고 살기로 했다.

요즘이 세상 살기가 가장 어려운 시대라 한다. 이는 왜인가! 현대는 태고太古이래 문명이 가장 발달한 시대로 사람이 살기에 가장 좋은 시대인데, 어렵다니 말이 되는가!

현대는 각종 통신기기의 발달로 앉아서 외국에 있는 자녀와 화상통화를 하고, 순간에 외국으로 날아가서 외국의 명승지를 관람하며, 방에 가만히 앉아서 마트의 물건을 사서 배달을 시키고, 가만히 앉아서 주위에 있는 가게가 문을 열었는지 닫았는지를 알 수 있는 세상이다.

공장에서는 컴퓨터가 시설을 제어하고 로봇이 물건을 생산하고 무인 비행기가 날아다니는 세상인데, 왜 살기가 어렵다고 하는 것인가! 이는 다름이 아니고, 공장이나 기업에서 사람을 대신하여 기계를 쓰기 때문에 젊은 사람들이 취업하기가 하늘의 별따기처럼 어렵고 취직을 하지 못하니, 자연히 돈을 벌수가 없으므로 가정을 유지하고 자식을 부양하기가 그만큼 어렵기 때문으로 안다.

필자는 수일 전에 벌초를 하러 고향에 내려갔는데, 청천벽력 같은 소릴 들었다. 취업을 못하고 질부의 월급으로 생활하는 조카네 부부가 "아기를 갖지 않고 살기로 했다."는 것이다.

요즘은 젊은이들이 결혼을 하지 않고 홀로 사는 사람이 상당히 많은 것으로 알고 있고, 그리고 혹 결혼을 했다 해도, 부부 중에 몸에 이상이 있어서 아기를 생산하지 못하는 부부가 제법 많은 것으로 안다.

이 세상이 운행하는 기본 법칙 중에 가장 중요한 것이 생산이다. 초목도, 조수鳥獸도, 어류魚類도, 인간도 모두 생산을 기본 원리로 삼고 이 세상을 살아가는 것이다. 그러므로 모진 겨울을 견디고 봄을 맞은 초목은 먼저 꽃을 피워서 열매를 맺어 자신의 씨를 이 세상에 남기는 것이다.

모든 초목은 자연에 충실하여 예나 지금이나 변함없이 꽃을 피우고 열매 맺기에 열심인데, 사람만 자식을 키우려면 돈이 많이 들어가므로 자식을 낳지 않는다고 한다면, 사람은 이 지구에서 사라져서 이 세상 주인의 자리를 짐승이나 초목에게 넘겨주게 될 것이다.

그러므로 사람이 이 세상에 태어나서 이 세상을 살아가면서 자식을 생산하지 않는 것은 자연의 법칙을 거역하는 것이다. 그러면 자연의 법칙은 무엇인가! 이는 이 아름다운 강산에서 즐겁게 살면서 자식을 생산하여 이 아름다운 세상을 영원히 후세에 물려주는 것이다.

생명을 중시하는 사회, 생산을 가장 중요한 축복으로 알고 어린 자식을 키우기가 좀 어렵더라도 고생하며 키우는 것을 보람으로 여기고 힘껏 키워야 한다.

국가에서도 아기의 생산을 제1의 정책으로 삼아서 아기를 낳는 가정에는 아낌없는 지원을 해야 한다. 개인의 가정과 국가가 힘써서 해야 할 가장 시급한 것이 생산의 장려이다.

사람의 행복 중에서 "아기의 울음소리가 들리는 것" 이 가장 중요한 것이다. 아기의 울음소리가 들리지 않는 가정은 자칫하면 파산이 오기 쉽다. 그러므로 아기는 가정을 지키는 보루인 것이다.

아기는
천사와 같은 존재
아기의 웃음은
천사의 웃음이고
아기의 울음은
천사의 울음인 것이다.

아기가 있는 집
천사의 집이고
아기가 노는 집
천사가 노는 집이다.

아기를 키우는 사람
이도 천사이니
아기가 있는 집
이도 또한 천사의 집이다.

33
소리 안 나는 총이 있다면

이병주의 대하소설 《산하山河》에는, 주인공인 일자무식꾼 이종문이 이승만의 양아들이 되어서 국회의원을 하면서 치부致富하는 장면이 나오는 반면, 테러리스트인 로프삼이 나오는데, 이 사람은 사회정의를 위해 국가의 권력에 빌붙어서 치부致富하는 벌레 같은 사람들을 혼내주는 테러리스트이다. 일제시절에 왜의 앞잡이가 되어서 온갖 못된 짓을 하는 사람들을 총을 쏘아 죽이기도 하고 결투를 벌여 혼내주기도 한다.

당시 자유당은 1954년 5월 20일 실시된 제3대 민의원 선거에서 원내 압도적 다수를 차지했지만, 개헌의 정족수를 확보하는 데 실패했다. 그러자 자유당은 초대 대통령에 한해서 중임 제한 철폐를 골자로 한 헌법 개정안을 9월 8일 국회에 제출했다.

이 개헌안이 통과되기까지 연 9일 간 국회 의사당 앞은 방청객들로 문전성시를 이룰 만큼 국민들의 높은 관심 속에서 여야의 치열한 공방전이 전개되었다. 11월 27일 국회 표결 결과 재적 203명 가운데 찬성 135, 반대 60, 기권 7표로 개헌 정족수에 1표가 미달, 부결이 선언되었다.

그러나 자유당 정권은 이틀 후인 29일 사사오입이라는 기묘한 논리를 적용시켜 개헌안의 가결을 선포했다. 사사오입 개헌은 절차상으로도 정족수에 미달한 위헌적인 개헌일 뿐만 아니라, 초대 대통령에 한하여 중임 제한 규정을 철폐하는 개헌이었다는 점에서 평등의 원칙에도 위배되는 헌법 개정이었다.

집권당은 이렇게 무소불위의 권력을 휘두르고, 여기에 빌붙어 비열하게 치부하는 자들이 온갖 못된 짓을 다 자행하던 시절에 테러리스트 로프삼은 마치 저승사자와 같은 존재였다. 못된 자들만 골라서 혼내주니, 국민들에게는 마치 카타르시스를 느끼게 하는 존재였다.

더구나 국가는 신성시되어야 할 위대한 존재이니, 국가가 없으면 국민은 자유가 없어지고 타국의 종이 되고 만다. 일제시대 우리 국민은 36년간 식민植民이 되어서 갖은 압박을 받았고, 심지어 나이 어린 처녀들이 종군위안부에 강제로 차출되어 군인들의 성노예가 되었는데도 누구 하나 이를 반대하지 못했으니, 국가가 없으면 국민은 노예로 전락할 수밖에 없는 것을 단적으로 보여준 하나의 예이다.

오늘날도 이렇게 비열하게 세상을 살아가는 자들이 많다. 단적으로 말해서 세월호 사건을 들 수가 있는데, 20년 된 배를 사들여 와서 층수를 높이고 구조를 변경해서 운행을 하게 한 관료들, 이를 이용하여 갖은 불법을 자행하며 운행하여 돈을 번 업주, 세월호 사건을 통하여 정치적 이익을 극대화하려는 정치인들, 이들은 모두 국가는 생각하지 않고 모두 사리사욕에 눈이 멀어서 신성한 국가에 막대한 손해를 끼치는 자들이다.

이뿐인가! 동양그룹이 불법 PC를 판매하여 이를 산 시민에게 막대한 손해를 끼친 사건, 다단계판매 사건의 하나인 조희팔 사건은 시민 10만 명에게 8조원의 피해를 안긴 사건이니, 이와 같은 수많은 사건의 주인공들이 있다.

이들은 모두 다 자신의 사리사욕을 채우기 위해서 많은 국민들에게 극심한 피해를 안긴 사람들이다. 국가에서는 이런 자들은 사회와 격리하여 다시는 선량한 국민이 피해를 당하는 일이 없게 해야 한다. 그러나 선량한 국민에게 이런 피해를 입히는 자들은 더욱 늘어나는 것이 현실이다.

옛말에 "썩은 가지는 쳐내야 한다."라고 한다. 왜냐면 만약 썩은 가지를 톱으로 베어내지 않는다면, 그 썩은 환부가 나무 전체에 퍼져서 나무 전체가 죽고 만다. 이와 마찬가지로 국가를 좀먹는 자들은 모두 우리나라에서 격리해야 함은 물론, 만약 소리 안 나는 총이 있다면 쏘아 없애야 하는 사람들이다. 총을 쏜다는 것이 좀 야박한 표현이지만, 대의大義를 위해서는 좀벌레 같은 이런 사람들은 선량한 국민들에게서 격리시켜야 하지 않겠느냐는 것이다.

대의大義를 위해서는
작은 희생은
감수해야 한다.
정의가 살아있는 나라
법치가 이루어지는 나라
이런 세상이 될 때
착한 사람이 잘되고
대인大人이 일어서는 것이다.

제발

제갈량의 읍참마속의 법치가
우리나라에도 행해지길
소원해 본다.

34
손톱 밑 가시

박근혜 대통령의 취임 후 일성一聲이 "우리사회의 손톱 밑 가시를 빼라."였으니, 이는 기업하는 사람들이 좀 더 쉽게 기업 활동을 잘할 수 있도록 관공서의 규제를 풀라는 말씀이다.

사실 우리 사회는 정부기관의 통제하에 놓여있다. 만약 이런 통제가 이루어지지 않으면 약자는 살 수가 없고 강자만 살아남는 폭력의 사회가 된다.

왜냐면 정부에서 치안을 유지해주지 않으면, 금방 힘이 세고 광포하고 교활한 자들의 세상이 되어서 나약한 여성이나 힘이 없는 사람은 밖에 나갈 수 없는 세상이 되고 마는 것이다.

경제분야도 이와 똑같아서 자칫 정부의 규제가 느슨해지면 힘이

센 기업이 힘이 연약한 기업을 별의별 음모와 꼼수로 모략중상하고 경제력으로 짓눌러서 움직이지 못하게 하여 결국 망하고 말게 만든다.

그러므로 정부에서는 이런 불공정한 관행을 타파하고 대기업이나 중소기업이나 모두 공정한 룰 안에서 사업을 하게 하기 위하여 일정한 규제를 가하는 것이다. 이렇게 하므로 인해서 작고 힘이 없는 기업도 기업활동을 활발하게 하고 돈을 벌어서 사원들에게 월급을 주고 기업도 이윤을 남길 수가 있는 것이다.

그러나 이런 정부의 규제가 자칫 균형을 잃어서 한쪽으로 치우치게 되면, 기업활동에 저해가 되어서 활발하게 움직일 수 없는 족쇄가 되는 것이다. 이렇게 되면 기업은 규제를 가하는 관리들의 눈치를 보게 되고, 관리들은 기업을 자신들의 손아귀에 넣고 규제를 가한다.

이렇게 되면 자칫 기업활동이 위축됨은 물론 기업하는 사람은 관리들의 눈치를 보고 사적私的으로 거래를 하게 되므로 자연적으로 기업활동에 위해가 되는 것이다.

현대는 지구촌의 시대인지라, 기업활동의 환경이 국내에서만 국한되는 것이 아니고, 국외에 있는 타국의 기업과도 싸워서 이겨야만 살아날 수 있으므로 국내의 기관들은 최대한 협조하여 우리의 기업이 세계의 무대에 나가서 승리할 수 있도록 최대한 지원을 아끼지 말아야 하는 것이다.

사실 박 대통령의 "우리 사회의 손톱 밑 가시를 빼라."는 등의 말씀은 통치자가 할 말은 되지 못한다. 통치자는 국가의 국방이나 치안, 외교적 일 등 대체적인 국가대사의 틀을 마련하고, 그 밑에 있는 장관이나 도백 등 관리들이 솔선수범하여 기업이 활동하기 좋은 환경을 마련해야 한다. 그러면 그 안에서 기업이나 민중은 활발하게 기업을 운영하는 것이다.

《논어論語 안연顔淵》에 보면, 공자는 '군군신신부부자자(君君臣臣父父子子 : 임금은 임금답게, 신하는 신하답게, 아비는 아비답게, 아들은 아들답게 행동하라.)' 라고 하였으니, 이는 무슨 말씀인가! 대통령은 대통령의 일을 하고, 장관은 장관의 일을 하며, 도백은 도백의 일을 하고, 공무원은 공무원의 일을 잘해야 한다는 말씀이다.

이렇게 각자의 위치에서 자신의 소임을 잘하면 되는 것이지, 대통령이 직접 나서서 '손톱 밑의 가시를 빼라.' 고 하는 등의 자질구레한 말씀은 할 필요는 없는 것인데, 당시 관공서의 기업에 대한 규제가 너무 많고 복잡하여 기업하기에 어려움이 많고, 국제환경이 기업하기에 녹록하지 않은 현실에서 자칫하면 도산하는 기업들이 많을 것을 우려한 조급함에서 나온 말씀이 아닌가 한다.

임금은 임금답고
신하는 신하 같으며
아비는 아비답고
아들은 아들다워야 한다고
옛 성인은 말씀했으니

대통령은 대통령답고
국회의원은 국회의원다워야 하며
장관은 장관답고
공무원은 공무원다워서
각자의 위치에서
최선을 다하는
대한민국이 된다면

지구촌의 시대에
세계에 나가서
반드시 승리하는
나라가 될 것이다.

35
왜 솔방울이 많이 달리는가!

필자가 초등학교에 다닐 적에는 1년에 두 번씩 소풍을 갔는데, 이때는 원족遠足을 간다고 했다. 충남 부여군 내산면에 있는 내산국민학교에 다녔는데, 이곳에서 걸어서 원족을 갈 만한 곳은 비교적 가까운 곳인 내산면 저동에 있는 '미암사' 가 있고, 그리고 10km 정도 떨어진 외산면 만수리에 있는 '무량사' 가 있었다.

'미암사' 의 유래는

"옛날 어느 할머니가 손자를 얻으려 미암사에 찾아와 불공을 드리자 꿈에 관세음보살이 나타나 호리병에서 쌀 세 톨을 꺼내 바위에 심으면 하루 세 끼 먹을 쌀이 나올 것이니, 끼니마다 쌀을 가져다 밥을 지으라고 하였다.

깨어보니 바위 밑에서 쌀이 나오고 손자도 얻어서 행복하게 살았는데, 어느 날 욕심이 생겨 더 많은 쌀을 얻으려고 부지깽이로 쌀이 나오는 구멍을 후벼 파니, 나오던 쌀은 그치고 주변이 핏빛으로 물들었다."

고 하는 전설이 있고, 무량사는 공주에 있는 마곡사의 말사末寺로 절에 대한 연혁은 자세히 알 수 없으나,

"신라시대에 범일국사梵日國師가 창건한 것으로 전해지고 있으며, 조선 세조 때 매월당 김시습 선생이 세상을 피해 은둔생활을 하다가 이곳에 와서 운명한 곳으로 유명하다. 고려 초기에 개창되었지만 임진왜란 때 병화에 의해 사찰 전체가 불타버린 뒤 조선 인조 때에 중건되어 오늘에 이르고 있다. 경내에는 극락전(보물 제356호), 5층석탑(보물 제185호), 석등(보물 제233호) 등이 있으며 이 밖에도 당간지주와 김시습의 부도가 남아 있다."

고 하는데, 4학년부터는 이 절에 걸어서 원족을 갔다.

특이한 것은 극락전의 안에 커다란 기둥이 몇 개 세워져 있는데, 그 기둥이 싸리나무 기둥이라고 설명을 해주었다. 필자는 어렸을 때나 지금이나 '싸리나무 기둥' 이라는 말에는 선뜻 수긍이 가지 않는다.

필자가 오늘 이야기하고픈 것은 소나무기둥으로 지은 집은 천 년을 넘게 유지된다는 것을 말하려는 것이니, 어째서 소나무는 이렇게 오래가는가! 아마도 송진이 있어서 부패하지 않고 오랜 세월을 견디는 것 같다.

그러면 소나무의 좋은 점은 무엇인가!

첫째, 향기가 좋다.

둘째, 운치가 있다.

셋째, 송화로 다식을 해서 먹는데, 맛이 있고 약이 된다.

넷째, 소나무 잎을 따다가 술을 담가먹기도 하고 송편을 만들 때 솔잎을 넣으면 서로 붙지 않고 향기로워서 좋다.

다섯째, 집을 지을 때는 기둥과 들보로 쓰이고 서까래로도 쓴다.

여섯째, 소나무 뿌리에서 나오는 복령茯笭은 이뇨제로, 보약의 중요한 재료로 쓰인다.

그리고 소나무는 추운 겨울에도 푸르기 때문에 공자께서는 《논어 자한편子罕篇》에서 "날씨가 추워진 다음에야 송백이 뒤늦게 시드는 것을 알 수가 있다.〔歲寒然後知松柏之後凋也.〕"고 하는 말씀

이 실려 있고, 왕유王維[13]는 산거추명山居秋暝이라는 시에서

明月松間照 (명월송간조)　　밝은 달이 소나무 가지 사이에 비취고

淸泉石上流 (청천석상류)　　맑은 물은 바위 위로 흐르네.

라고 했으니, 예나 지금이나 시인들은 모두 명월이 소나무 가지에 비췬 아름다움을 시로 이야기 했다.

그런데 이렇게 우리에게 향기와 아름다움을 제공하는 소나무가 환경의 악화로 인하여 죽을 날이 얼마 남지 않음을 알면, 우선 솔방울을 많이 생산하여 후손을 많이 생산하려고 힘쓰는 것을 볼 수가 있으니, 이는 자연적인 현상으로 나의 몸은 생명이 다하여 이 세상에서 없어질지라도 나의 후손은 이 세상에 많이 남겨놓아야 한다는 것을 은연 중에 말하는 것이다.

이렇게 우리가 사는 지구에 자신의 씨를 남기려는 것이 이 지구에 사는 모든 생명을 가진 생명체들이니, 이는 자연적인 현상으로 자연이 그렇게 시키는 것이고, 이렇게 하므로 인하여 이 지구촌이 유지되고 보존되는 것이다. 이것이 바로 생명인 것이다.

13 왕유王維 : 성당盛唐 시의 대표적 자연 시인. 자는 마힐摩詰. 상서우승尙書右丞을 지냈고, 시詩 · 서書 · 화畵에 능했다. 저서에 《왕우승집王右丞集》이 있음.

소나무의 운치

소나무의 향기

소나무의 절조

모두가 일품인데

여기에

바람 불고

달이 뜨면

피안의 세상 된다.

그러므로

시인 묵객들은

언제나

시로 읊고

그림으로 그렸다네.

36
나(飛)는 것은 절대로 뒤로 가지 못한다.

나는 비행기가 뒤로 뒷걸음치는 것을 봤는가!

절대로 뒤로 후퇴하지는 못한다.

나는 새가 뒤로 뒷걸음치는 것을 봤는가!

절대로 뒤로 후퇴하지는 못한다.

나는 잠자리가 뒤로 나는 것을 봤는가!

절대로 뒤로 후퇴하지는 못한다.

나는 파리가 뒤로 뒷걸음치는 파리를 봤는가!

절대로 뒤로 후퇴하지는 못한다.

나는 로켓이 뒤로 나는 것을 봤는가!

절대로 뒤로 후퇴하지는 못한다.

하늘에 뜬 해가 뒤로 가는 것을 봤는가!

절대로 뒤로 후퇴하지는 못한다.

하늘에 뜬 달이 뒤로 뒷걸음치는 것을 봤는가!

절대로 뒤로 가지는 못한다.

떨어지는 낙엽이 다시 위로 올라가는 것을 봤는가!

절대로 뒤로 올라가지는 못한다.

이는 전 삼성중공업 김징완 회장의 말씀이다.

김 회장은 필자와 성균관대학교 유학대학원 동기이다.

오늘 유학대학원 동기 "청우회" 회원(김징완, 김경해, 손태권, 이은영, 필자)들이 운길산역에서 내려 예봉산 산행을 했다. 막걸리를 짊어지고 가면서 쉬어서 한 잔 마시고, 또 걸어가다가 한 잔 마시고 하기를 거듭했다.

정상에 올라서 사진을 찍고 앞을 보니 남한강과 북한강이 만나는 두물머리가 한 눈에 들어왔다.

정상에서 감로주를 사서 먹었는데 맛이 일품이었다. 그런데 주막의 술통에는 감로주에 대한 말이 이렇게 쓰여 있었다.

감로주甘露酒 : 예봉산에서만 맛볼 수 있는 술!

감로주減老酒 : 나이를 감해주는 술!

감로주減勞酒 : 피로를 풀어주는 술!

감로주減怒酒 : 노여움과 짜증을 풀어주는 술!

이곳에서 김 회장께서 "날아가는 것은 절대로 뒤로 후퇴하지는 못한다. 라는 말은 내가 처음으로 한 말이다." 라고 하였으므로, 필자가 가만히 생각하니 재미있는 진리라 생각하여 이곳에 기록한 것이다.

하늘과 맞닿은 예봉산
뾰족하여 화산火山이라네.
하늘엔 흰 구름 높은데
멀리 보이는 두물머리
남한강과 북한강이 키스하는 곳
이 물이 흘러
한강이 되고
수도 서울의 젖줄 되었지.

서울과 경기지방을
강물이 포근히 안고 흐르니
행복이
그 안에 있다네.

37
덕德을 심는 사람

공자는 《주역》의 건괘乾卦 문언文言에 "덕을 쌓는 집안에 반드시 남은 경사가 있다.〔積德之家, 必有餘慶.〕"라는 유명한 말씀을 남겼다.

그러면 '덕을 쌓는다.' 는 것은 무엇을 말하는가! 착한 일을 많이 하는 것이니, 즉 나를 위해 이 세상을 사는 것이 아니고 남을 위해서 이 세상을 사는 것을 말한다.

그리고 '남은 경사' 는 무엇인가! 자신의 여생餘生이 풍족해지고 아들과 손자의 앞날이 확 틔어서 좋은 일이 많이 생긴다는 말이니, 즉 후손이 부귀하고 영화롭게 된다는 말과 통한다.

그러므로 적선積善하는 것이 앞날의 부귀영화와 직결되는 것인데, 적선이란 마을 어귀에 있는 정자나무와 같고 고달픈 산행에 잠깐 쉬어가는 너럭바위와 같은 것이다.

△ 정자나무

60년대만 해도 우리나라는 농업국가였으므로 마을의 어귀나 논밭이 많은 곳에는 반드시 수령이 100년이 넘는 커다란 정자나무의 쉼터가 있었다. 그리고 그 나무 아래에는 기다란 돌을 붙여놓아서 야전 돌 침대를 만들어 놓았는데, 농부들은 오전에 논에서 일을 한 뒤 점심을 먹고, 여름의 무더운 햇볕이 차단된 이 정자나무의 그늘에서 늘어지게 오수午睡를 즐기고 다시 논밭에 나가서 오후의 일을 했다.

그리고 길을 가던 행인도, 학교에서 돌아오는 학생도 모두 시원한 이 정자나무 밑에서 쉬었다가 갔는데, 이때 나뭇가지에서는 매미가 앉아서 노래를 시원하게 불러주었다.

또한 정자나무 옆에는 맑은 시내가 있었으므로 목욕을 하고 등목을 하면서 더위를 식혔으니, 이곳이 곧 천국인 별유천지였다.

농부들은 봄부터 가을까지 이런 시원한 곳에서 자연의 노래를 들으면서 쉬었으니, 이 정자나무야말로 평생을 통하여 매미에게는 노래하는 무대를 제공하고, 날아다니는 새에게는 둥지를 제공하였으며, 사람에게는 피로한 몸을 풀어주는 쉼터를 제공하였으니, 이런 정자나무의 행위는 남을 위해서 덕을 쌓는 이타利他의 행위이고 자비의 행위인 셈이다.

△ 너럭바위

필자는 매일 새벽이면 뒷산에 오르기를 벌써 16년이 되었다. 약 3,000m쯤 올라가면 약수가 있고, 이곳에서 약 1,000m 정도 올라가면 너럭바위가 있는데, 이 너럭바위에 올라서 서울을 바라보면 멀리 남산의 타워와 여의도의 63빌딩이 보이고, 그리고 앞에 보이는 도봉산이 지척의 사이에 있는 것 같이 보여서 아주 멋진 장소이다.

이 너럭바위는 육중하게 커다란 바위인데, 위의 상부는 넓고 평평해서 등산하는 사람들은 모두 이곳에서 앞의 경관을 관상함은 물론 이곳에 앉아서 잠깐 쉬었다가 가기도 하고, 또는 과일을 나누어 먹고 커피를 마시면서 아름다운 이야기를 나누기도 한다.

그러나 이 너럭바위는 한 번도 불평하는 일 없이 매일매일 모든 등산객이 편안히 쉬었다 갈 수 있도록 모든 편의를 제공하니, 많은 덕을 쌓은 보살과 같은 존재이다.

사람이 세상을 살아가면서 덕을 쌓는다는 것은 위에 열거한 '정자나무와 너럭바위' 와 같이 하는 것이니, 남을 도와주는 선행은 순수한 이타利他의 사랑이지, 무엇을 바라고 하는 행위가 아닌 것이다.

이런 이타利他의 사랑이 선행이고 덕을 쌓는 행위인 것이니, 이렇게 하는 적덕積德은 반드시 남은 경사가 있다는 것이다. 즉 자손에게 투자하는 적금통장이 되는 것이다.

길가에 선 정자나무
누굴 위해 서 있는가!
무더운 여름에도
추운 겨울에도
천년을 하루같이
언제나 변함없이 서 있다네.

하늘을 나는 새들은
이곳이 둥지이고
노래하는 매미는
이곳이 무대인데
농사가 업인 농부는
언제나 이곳에서
밥도 먹고 잠도 잔다네.

어디 그뿐인가
먼 길 가는 행인은
잠시 쉬어가는 쉼터이고
공부하고 돌아오는 학생들
놀이하는 놀이털세.

천년을 하루같이
변함없이 포용하는 너는
위대한 사랑의 실천자
이는
대자연의 사랑
본받은 것인가!

38
죽어도 산 자와 살아도 죽은 자

우리가 세상을 살아가면서 가장 필요한 것은 아마도 돈이 많은 것이다. 돈이 있어야 마음에 여유가 생겨서 좋은 옷도 사 입고 외식도 하고 여행도 하며, 어려운 사람을 만나면 도와주기도 하고 격려해주기도 한다. 밖에서 친구를 만나 교제하는 것도 모두 돈이 필요한 것이다. 그래서 예부터 모든 사람들은 돈을 벌려고 별의별 노력을 다했던 것이니, 이들의 목표는 오르지 돈을 많이 벌어서 부자가 되는 것이었다.

그러나 과연 돈이 가장 중요한 것인가! 그렇지 않다. 사람이 살아가는 데는 다섯 가지의 강령이 있으니, "인의예지신仁義禮智信"이 있어야 한다.

인仁은, 곧 현대인이 자주 쓰는 말인 사랑이다.

원래 인仁은 씨앗을 뜻하는 글자이니, 이 세상에서 가장 중요한 것이 씨앗이다. 금년에 씨앗을 맺지 못했다면 다음 해에 그 종자가 다시 태어날 수가 없다. 이를 확대해서 말한다면, 올해 이 지구에 존재하는 식물이 만약 씨가 없다면 다음 해에 다시 싹을 틔울 수가 없으므로, 이 지구는 아무 식물도 존재하지 않는 황막한 지구가 되고 만다. 결론적으로 말하면 지구가 멸망한다는 말에 귀결한다. 그러므로 씨앗의 존재는 이 세상에 생명을 불어넣는 것과 같으니, 즉 인仁은 이와 같은 역할을 하는 것이고, 이를 사랑이라 말하는 것이다.

의義는 이 세상에서 가장 고귀한 것으로 옳은 것을 말하니, 즉 사람으로서 지켜야 할 도리를 지키는 것을 의義라고 말한다. 일례로, 군주시대에는 "신하는 두 임금을 섬기지 않는다.〔不事二君.〕" 하여, 고려를 섬긴 신하들이 조선이 건국하자 두문동에 들어가서 숨은 72인이 있었으니, 이를 '두문동 72인' 이라 하고, 조선시대에는 임진왜란과 병자호란 등 국가가 위급할 때에 의병을 일으켜서 싸운 의사義士들이 수 없이 많았으니, 이런 사람들을 의사義士라 한다. 이와 같이 국가나 사회의 위급한 일을 구하거나, 혹 남의 위급함을 내 일처럼 구해주는 일을 의로운 일이라 하는 것이다.

예禮는 사람과의 관계에서 차려야 할 예절을 말하니, 즉 제사지낼 때에 지켜야 할 예절, 결혼할 때에 지켜야 할 예절, 남녀관계의 예절, 부부관계의 예절 등 수많은 인간관계에서 지켜야 할 예절이 있으니, 이를 잘 지키는 사람을 예절이 밝은 사람이라 한다.

지智는 차가운 이성理性을 말하니, 사람이 험한 세상을 살아가는 데는 지혜가 필요하다. 지혜가 없으면 항상 남에게 속고 위험에 노출되어 험난한 세상을 살아가기가 어렵다.

그리고 지식을 말하니, 사람은 어려서부터 학문을 배워서 세상을 사는 도리를 배우고 타인과의 관계는 협동하고 타협하며 상호 이해관계를 잘 맞출 줄 알고, 직장에 들어가서는 주어진 임무에 충실해야 하니, 이 모든 것이 지智의 소관이다.

신信은 믿음이니, 타인과의 관계에서는 반드시 믿음이 있어야 한다. 만약 믿음이 없으면 타인이 나를 믿어주지 않으므로, 내가 하는 말과 언약을 타인이 믿어주지 않으니, 남과 더불어 일을 할 수가 없는 것이다.

사람이 사람다운 사람이 되려면 위에서 언급한 '인의예지신仁義禮智信'을 모두 갖춘 사람이어야 한다. 아무리 돈이 많아도 이런 기본을 갖추지 못한 사람은 남들이 사람으로 여기지 않는다.

옛말에 '범은 죽어서 가죽을 남기고, 사람은 죽어서 이름을 남긴다.〔虎死留皮, 人死留名.〕'라는 말과 같이, 사람이 이 세상에 태어났으면 이름을 남기는 자가 되어야 한다. 이렇게 되려면 우선 의義로운 사람이 되어야 하니, 우리가 잘 아는 '이순신장군' 같은 인물은 죽어서도 죽은 것이 아니고 영원히 살아있는 것과 같은 것이다.

사람이 이름을 남기는 것은, 난세亂世이어야 영웅과 호걸이 많이 나와서 나라와 국민을 위해 큰일을 하고 이름을 남기는 것인데, 난세가 아닌 화평한 세상에 살면서도 이름을 남긴 사람이 많이 있다.

'이율곡, 이퇴계, 서화담, 이토정, 성우계, 김장생' 등은 전시戰時가 아닌 화평한 세상에 살았으면서도 이름을 남긴 사람이고, '정포은, 길야은, 조중봉, 이순신, 곽재우, 권율, 안중근 등은 전시를 통하여 이름을 남긴 사람들이다.

위에 열거한 사람들은 모두 학문으로 대성大成하여 국가와 국민에게 큰 이익을 주었거나 국가가 위급할 때에 자기 몸을 초개같이 던져 국가를 구한 의사義士들인 것이다. 그렇다면 한때 부자로 살면서 호의호식한 부자들은 이름을 후세에 남겼는가! 사실 이런 사람이 이름을 남긴 사람은 드물다. 혹 여기에 열거한다면 '경주의 최부자, 제주의 김만덕(여자)' 등이 겨우 이름을 남겼을 뿐이다.

그러므로 죽어도 이름을 남기는 일은, 우리들이 살아서 그렇게 원하는 부자가 아니고, 비록 몸은 가난해도 학문을 좋아하고 국가와 타인에게 많은 이익을 안긴 사람과, 국가가 위급한 난세亂世에 국가를 구하기 위해서 몸을 초개같이 던진 의사들뿐인 것이다.

인자한 사람
학식이 많은 사람
기술이 좋은 사람
글씨를 잘 쓰는 서가書家
그림을 잘 그리는 화가畵家
연기를 잘하는 배우
학생을 가르치는 선생님
나라를 지키는 군인

모두 나름대로
국가를 위해 살지만
이중에서
누가 덕을 가장 많이 쌓았는가!
이는 자기를 버리고
남을 위해 사는 사람이니

이런 사람이
인자仁者이고
의자義者이며
복자福者이고
선자善者이니
죽어도 이름이 남을 것이다.

39

바람을 이용하는 식물

사람은 식물을 주식으로 먹고 산다. 말을 하지 못하고 마음대로 움직이지 못하는 식물을 보고 사람들은 지각하지 못하는 미물이라 생각하고, 고마움을 느끼지도 않고 잔인하게 뽑거나 베어버리고 이리 치고 저리 치면서도 전혀 미안한 마음을 갖지 않는다.

그러나 이런 식물에게도 태초부터 지각하는 기능이 있어서 자신의 씨앗(자식)을 널리 퍼트리려고 노력하는 것을 알 수가 있으니, 요즘 가을에 한창 하늘거리며 피어있는 갈대나 억새의 꽃은 하늘을 향해 나풀거리며 우리들에게 볼거리를 제공하고 있다.

사람들은 갈대의 꽃을 관광하러 높은 산에까지 올라가서 수많은 갈대꽃이 끝없이 펼쳐진 아름다운 평원을 보면서 그의 아름다운 모습에 탄성을 연발한다.

그러나 갈대는 사람들에게 보이려고 이런 모습을 하고 있는 것은 절대로 아니다. 이는 갈대 본연의 모습이니, 바람만 조금 불어도 눈 같은 흰 꽃씨는 본체에서 떨어져 나와 하늘을 향해 훨훨 날아가는데, 이는 갈대가 바람을 이용하여 자신의 씨앗을 사방으로 퍼트리는 몸짓에 불과하다.

봄에도 이런 몸짓을 하는 식물이 있으니, 민들레꽃이 이렇게 자신의 씨앗을 퍼트린다. 필자는 식물학자가 아니라 이런 몸짓을 하는 모든 식물을 다 알지는 못한다. 그러나 정명도程明道 선생의 춘일우성春日偶成 시에,

萬物靜觀皆自得 만 물 정 관 개 자 득	만물을 조용히 관찰해 보면 모두가 자득하여,
四時佳興與人同 사 시 가 흥 여 인 동	사계절의 아름다운 흥취가 사람과 똑같네.

라고 했으니, 이러한 식물의 몸짓을 보고 읊은 시이다.

일본의 에모토 마사루가 쓴 《물은 답을 알고 있다》라는 책을 보면, 물이 사람의 감정에 반응을 하는 사진을 찍었으니, 물에 대하여 '참 아름답다' 말하고, 사진을 찍으면 육각의 모습이 확연하고, '물 같은 미물이 뭘 알겠어!' 라 말하고, 찍은 사진에는 육각이 희미하고 어그러져 있는 모습을 볼 수가 있으니, 이는 그냥 흐르기만 하는 물도 사람이 하는 말에 반응을 보이는 것을 알 수가 있다.

벚꽃은 봄을 환하게 비추는 아름다운 꽃이다. 그 많은 꽃을 벌들이 일일이 다니면서 수정을 한다고 여기지는 않는다. 그러나 열매인 벗지를 보면 신기하게도 꽃 하나에 벗지 하나를 맺은 것을 알 수가 있으니, 이는 바람이 화분을 날려서 수정을 하는 것이고, 수없이 펼쳐진 볏논의 벼꽃도 모두 바람이 화분을 날려서 수정하는 것이니, 이런 초목도 모두 바람을 이용하여 수정을 하고 씨앗을 전파시키는 것이다.

요즘 젊은 사람들 중에는 결혼하지 않는 처녀총각이 많다고 한다. 사실 요즘 한 명의 아기를 키우려면 너무 많은 돈이 들어간다. 그러므로 이를 미리 겁을 내어 결혼을 하지 않는 것이니, 이는 우리의 속담인 '자라 보고 놀란 가슴 솥뚜껑 보고 놀란다.' 고 하는 말과 똑같은 것이다.

그리고 이는 대자연의 이치를 잊고 사람의 영리한 생각으로 하는 행위이니, 모든 동식물이 이 세상에 태어나면 자신의 씨를 후세에 남기려고 모두 노력하는데, 오직 사람만이 돈이 많이 들어간다는 이

유로 그런 영리한 행위를 하는 것이다. 공자는 '자연에 순응하면 살고 자연을 어기면 죽는다.〔順天者存逆天者亡.〕' 고 했는데, 이는 자연을 어기는 행위이고, 또 자식이 없으니 그 사람은 영원히 죽고 마는 것으로, 위의 말씀과 딱 부합하는 행위인 것으로, 어찌 생각하면 무지한 초목보다도 못난 짓을 하는 것으로 볼 수가 있다.

초목도 일찍이
바람을 이용하여
수정을 하고
씨를 전파한다.

금수禽獸도 일찍이
자연을 이용하여
둥지를 틀고
먹이를 찾는다.

흐르는 물도 일찍이
흙탕물을 정화하여
자연을 적시고
세상을 이롭게 한다.

사람은 일찍이
자연에서 지혜를 배우고
자연을 이용하여
농사 짓고 고기 잡아
사는 지혜가 있었다지.

40

사방사업砂防事業

우리나라는 1945년 36년이라는 일제식민정치에서 겨우 광복을 찾았는데, 1950년 6월 25일 북한은 남한을 침공하여 동족상잔의 전쟁이 발발하였다.

초근목피로 겨우 연명하던 대한민국 국민들은 3년이라는 한국전쟁을 통하여 너무나 많은 것을 잃었고, 국가나 국민들의 재정형편은 눈으로 볼 수 없고 입으로 말할 수 없는 곤궁 그 자체였다.

그 뒤 이승만 자유당독재정권은 4.19학생혁명으로 퇴진하였고, 제2공화국인 민주당정권이 들어섰으나, 국민의 궁핍과 국가의 혼란은 여전하였다.

1961년 박정희 소장 이하 육사 8기를 주축으로 한 5.16 군사혁명이 일어나고 박정희 대통령이 정권을 잡은 뒤에 벌거숭이가 된 산을 녹화하는 사방사업을 전개하였다.

그러면 사방사업이란 무엇인가! 말 그대로 황폐된 산에 나무를 심어서 토사土砂가 무너지는 것을 막고 산을 푸르고 울창하게 만드는 것이 사방사업이다.

이때 우리의 산은 모두 벌거숭이 산이었으니, 왜냐면 이때는 나무를 아궁이에 지펴서 밥을 짓고 방을 따뜻하게 하였으므로, 시골에 사는 사람들은 모두 산에 가서 나무하여 지게에 짊어지고 집으로 돌아오는 것이 일이었다.

겨울이 되면 매일 산에 가서 나무를 하니, 산에 아무리 많은 나무가 있다 하더라도 수많은 나무꾼들이 하는 나무를 다 공급하기는 어려운 일이었으니, 산은 자연히 황폐되어서 빨간 토사만 남은 산이 많았다.

이를 정확히 간파한 정부에서는 사방사업을 시작하여 '산을 푸르게 한다.' 는 슬로건을 내걸고 묘목을 생산한 뒤에, 이른 봄에 민둥산에 심으려고 하여 각 가구에 근로의 의무를 부과하였으니, 이렇게 하여 면 단위로 근로자를 차출하여 황폐된 산에 나무를 심었다.

이때에 남자가 있는 집에서는 남자가 근로자로 나왔으나, 남자가 없는 집에서는 여자가 나와서 일을 하였으므로, 사방사업하는 산에는 남녀가 한데 어울려서 일하는 모습이 이채로웠고, 그리고 입은 옷의 색깔이 각기 달라서 빨강, 노랑 등의 옷들로 인하여 울긋불긋한 아름다운 모습을 연출하기도 하였다.

그때의 농촌은 거의 초가집이었는데, 이 초가집은 해마다 볏짚을 가지고 이엉을 엮어 지붕을 이었는데, 이때에 이엉을 엮으려면 볏짚이 많이 들어갔다. 그리고 남은 볏짚은 소의 먹이인 여물로 쓰기도 하고 땔감으로 쓰기도 하였는데, 지붕을 잇는데 너무 많이 들어가서 땔감은 주로 산에 가서 나무를 해오는 형편이었다.

1970년에 이르러서 새마을사업의 일환으로 지붕개량사업이 실시되었으니, 이때에 정부에서는 슬레이트를 생산하여 초가집을 개량하였다. 이렇게 하여 농촌의 모든 가옥은 슬레이트집으로 변신하였으므로, 이후로는 볏짚을 엮어서 지붕을 잇는 일은 하지 않아도 되었고, 이엉을 엮을 볏짚을 땔감으로 쓰게 되면서 산에 가서 나무하는 일이 대폭 줄어들게 되어서 이때부터 우리나라 산림은 녹음으로 우거지게 되었다.

필자는 지금 수락산 동막봉의 아래 폭포수가 있는 골짜기를 걷고 있다. 산은 온통 나무들로 꽉 채워져 있어서 어디 한 곳 나무 한그루 심을 곳이 없고, 이곳 나무들은 모두 몇 길씩 자라서 하늘을 향해 찌를듯 치솟아 있는데, 지금은 가을인지라 나뭇잎은 모두 떨어져서 산은 모두 낙엽천지이다.

이렇게 떨어진 낙엽을 밟으며 나는 낙엽 같은 하찮은 미물도 돌아갈 때가 되면 나무에서 스스로 떨어져 나와 땅으로 돌아가는 귀소歸巢의 원칙을 알고 있구나 하고 생각한다.

나뭇잎은 봄의 따뜻한 날씨에 돋아나서 봄여름 내내 나무에 많은 영양을 공급하여 빨간 열매를 맺도록 도와주고 늦가을의 찬바람에 훌쩍 떠나갈 줄을 안다. 우리들이 잘 아는 《천자문》에는 "節義廉退顚沛匪虧 : 절조와 의리와 청렴함과 물러날 때 물러나는 것은 세상이 엎어지고 자빠져도 이지러지지 않는다."라는 문장이 있는데, 여기에서 물러난다는 것은 관직에 있다가 나이가 들어서 물러날 때가 되면 미련없이 물러난다는 말이다. 그런데 우리가 보기에 하찮은 미물인 나뭇잎도 물러날 때가 되니, 푸른 잎을 붉은 잎으로 변신하고 미련 없이 땅으로 떨어질 줄을 아니, 필자는 이러한 순환의 이치를 아는 나뭇잎이 참으로 훌륭하다는 것이다.

필자는 지금 북한의 산야를 생각한다. 초근목피로 겨우 연명하는 북에 사는 우리 동포들은 산에 가서 나무를 해 와서 따뜻하게 불을 지피고 싶어도 그렇게 할 나무가 없다. 왜냐면 수십 년간 산에 가서 나무를 베어와 땔 줄만 알았지, 남쪽처럼 나무를 심을 줄을 몰랐으니, 산은 온통 벌거숭이 속살을 드러내고 있고, 그리고 나무가 없으니 낙엽이 있을 리가 없는 것이다.

결론은 누가 국가의 지도자가 되느냐에 따라서 산에 나무가 있고 없고를 알 수 있다는 것이다. 그러므로 예부터 '치산치수治山治水를 보고 그 나라의 정치를 알 수가 있다.' 고 하는 말이 허언이 아니라는 것을 알 수가 있다. 그러므로 훌륭한 지도자를 만난 국민이어야 가을에 낙엽도 밟을 수가 있다.

귀소歸巢의 원칙을
철저히 지키는 너는
그 누구보다도 훌륭히
천리를 따르는 자이다.

하늘은 높고
말은 살찐다는 가을
금수錦繡의 비단을
깔아놓은 듯한 가을

낙엽을 밟으며
우수에 젖는다.
그러나
나무가 없는 북에서는
낙엽도 밟을 수가 없으니

여기에도 또한

빈부의 차이 있는가!

여유 있어야

낙엽 밟는

즐거움도 있는가!

41
산정山頂에 올라 생명이 숨 쉬는 세상을 보다.

요즘 사람들은 건강을 위한 운동인 등산이 생활화되었다.

쉬는 날이 되면 누구나 배낭을 짊어지고 산에 오른다. 왜인가! 산은 어머니의 품과 같이 우리 모두를 품어주기 때문이다.

산속에는 나무가 있고 풀이 있으며, 이를 의지하여 살아가는 금수禽獸가 있고 봉접蜂蝶이 있으며 파충류와 양서류 등 동물들이 살아가는 터전이다.

사람도 이곳을 의지하여 살아가니, 예부터 사람이 집을 짓고 살 만한 곳을 "배산임수背山臨水"의 명당이라 하여, 뒤에는 산이 있고 앞에는 내가 흐르는 곳을 골라서 집을 짓고 살았던 것이다.

이렇게 우리 모두를 품어주는 산을 모두 자세히 알려면, 그 산을 동, 서, 남, 북으로 난 길을 찾아서 꼼꼼히 한 길 한 길 올라가봐야 한

다. 즉 어떤 나무는 어디에서 자라고, 어떤 꽃은 어디에서 자라며, 어느 고을에는 맹수가 살고 있고, 어느 고을에는 파충류가 많이 살며, 어떤 곳에는 너럭바위가 있어서 많은 사람들이 쉬었다 가는 자리인가 하면, 어떤 곳에는 200년 이상 묵은 상수리나무가 있어서 여름에는 이 나무에서 매미들이 시원하게 운다는 등 많은 이야기가 숨겨있는 곳이 산이다.

또한 동쪽방향에서 산에 오르면 햇빛을 많이 받고 자라는 활엽수가 많이 자라고, 북쪽방향에서 오르면 비교적 추위에 강한 침엽수가 많고, 그 아래에는 향기가 좋은 더덕이 있어서 싱그러운 향기를 발하며, 남쪽방향에서 오르면 따뜻한 햇살을 많이 받아서 봄에 꽃을 피우는 초목이 많고, 서쪽방향에서 오르면 비교적 해를 덜 받는 곳이므로 추위에 강한 침엽수가 많은 곳이라는 것을 알 수가 있고, 그리고 산자락에는 수림이 많이 우거져 있지만 산마루에는 항상 바람이 세게 불어서 나무가 크게 자라지 못하여 키가 작은 나무들이 많은 것을 볼 수가 있으니, 이는 초목도 주어진 여건에 따라서 생활방식을 달리하고 살아가는 것을 볼 수가 있는 것이다. 만약 산자락에 있는 키 큰 나무가 산마루에 있는 나무에게, 너는 나이는 나와 같은데 지금껏 무엇하고 그렇게 키가 작으냐고 한다면, 이는 산의 특성을 모르는 우매한 우문愚問이 된다. 그러나 산의 특성을 잘 아는 사람은 그런 우문을 전혀 하지 않을 것이다.

철학이나 종교도 매한가지이다. 소경이 코끼리 다리를 만져보고 "코끼리는 기둥과 같다."고 한 말처럼, 우매한 우리들은 자신의 얕은 지식을 가지고 남이 가지고 있는 철학이나 종교를 비웃고 난도질하는 것을 흔히 볼 수가 있다.

어떤 종교라도, 수천 년을 유지하며 생명을 유지하는 종교는 나름대로 진리와 철학을 담고 있다고 봐야 한다. 무조건 내가 가지고 있는 종교의 이론에 맞지 않는다고 해서 틀렸다고는 말할 수가 없다는 것이다.

위에서 말했듯이 산을 알려면 그 산을 동서남북 여러 방향으로 수십 번 올라가봐야 비로소 그 산이 어떻다고 말할 수 있는 것과 같이 철학과 종교도 그쪽의 이론을 정확히 파악한 뒤에야 비로소 왜

그런 주장을 하는 가를 알 수가 있는 것이다.

산정山頂에 오르면 비로소 사방이 확 트여서 막힘이 없고 사방으로 아득한 세계가 보이는 것과 같이 철학과 종교도 모두 정상에 올라가봐야만 남의 종교도 알 수가 있고, 내가 믿는 종교도 남이 믿는 종교와 결국에는 맞닿아 있다는 것을 알 수가 있는 것이다. 그러므로 수천 년을 유지하고 있는 모든 종교는 결국에는 생명이 숨 쉬는 천지의 공간에서 사랑과 선행으로 연결되어 있다는 것을 알 수가 있으니, 이는 산의 정상에 오르면 선악과 결투가 없는 자연 뿐인 것과 같은 이치가 아니겠는가!

산정山頂에 오르면
막힘이 없다.
높은 하늘이 보이고
넓은 세상이 보이며
먼 오월吳越이 보인다.

산속에는
동물도 살고
식물도 살며
사람도 산다.

꽃도 피고
잎이 우거지고
열매 맺으며

단풍을 물들이고
나목裸木으로 화한다.

세계가
그 속에 있고
진리가
그 속에 있으며
생명이
그 속에 있다.
그러므로
산에 오르면
진리도 변화도
생명도 순환도
모두 배운다.

42
큰 인물은 하늘이 반드시 역경과 시련을 주어 기른다.

“젊어서 고생은 사서도 한다.”고 하면 떠오르는 사람이 많은데, 그중에서 하나둘을 꼽는다면, 우선 과하지욕(跨下之辱 : 가랑이 밑을 기어가는 치욕)을 견디고 한漢나라 유방劉邦을 도와서 천하를 통일한 한신 장군을 들 수가 있고, 그리고 여호와께 십계명을 받아서 유리流離하는 이스라엘 백성을 젖과 꿀이 흐르는 가나안으로 이끈 모세를 들 수가 있는데, 한신은 젊어서는 가난하여 자신의 몸 하나 붙일 곳이 없었으나 굳은 의지로 노력하여 한漢의 고조高祖를 도와 천하를 통일하고 초楚나라의 분봉왕이 되었고, 모세는 아랍의 왕궁에서 양자의 신분으로 자랐지만, 자신의 동족인 이스라엘 사람들이 노예의 신분으로 고생하는 것을 보고 왕궁에서 뛰쳐나와 갖은 역경 끝에 이스라엘 백성들을 구한 영웅이다.

산등성이에서 자라는 소나무는 모진 바람을 맞으며 자라기 때문에 쑥쑥 자라지 못하고 조금씩 악바치게 자라기 때문에 북풍설한과 태풍 등 갖은 풍상을 겪어도 절대로 쓰러지지 않는다. 반면에 계곡의 후미진 곳에서 자라는 소나무는 하늘을 보려고 쑥쑥 자라서 사람들이 보기에는 아름답게 보이지만, 모진 바람이 불거나 대설大雪이 내려서 나뭇가지를 짓누르면 부러지거나 꺾이고 만다.

사람도 소나무와 똑같아서 부잣집에서 호의호식하면서 고생하지 않고 자란 사람은 조그만 풍파를 만나도 곧 쓰러지고 말지만, 가난한 집에서 많은 고생을 하며 성장한 사람은 약간의 풍파에는 끄떡하지 않고 이를 잘 이겨내는 것이다. 그러므로 고생을 많이 하며 자란 사람이 성공하는 예가 많은 것이다.

황차 하늘이 들어서 쓸려는 사람이라면, 국가와 민족의 위난을 이겨내어 승리로 이끄는 사람일 것이니, 이런 사람은 온갖 어려운 일을 이겨내고 견뎌야 하는 것이다. 그러므로 하늘은 이 사람에게 초년의 고통을 주어서 이를 이겨낼 수 있는 인내를 기르게 하고 그런 다음에 큰일을 맡기는 것이니,

그렇기에 맹자는 "고자장告子章"에서 다음과 같이 말했다. "하늘이 어떤 사람에게 큰 사명을 내리려 할 때에는, 반드시 먼저 그의 마음과 뜻을 고통스럽게 하고, 그의 힘줄과 뼈를 수고롭게 하며, 그의 육체를 굶주리게 하고, 그의 몸을 궁핍하게 하여 그가 행하는 일마

다 어긋나서 이루어지지 못하게 하나니, 이는 그의 마음을 격동시키고 그의 성질을 참고 버티도록 하여 그가 잘하지 못했던 일을 더욱 잘할 수 있게 해 주기 위함이다.〔天將降大任於是人也, 必先苦其心志, 勞其筋骨, 餓其體膚, 空乏其身, 行拂亂其所爲, 所以動心忍性, 增益其所不能.〕"라고 하였다.

요즘 젊은이들은 자식을 하나 아니면 둘을 낳아서 금지옥엽 옥동자처럼 기르는데, 정말로 훌륭한 사람으로 키우려면 위에서 맹자가 말한 것처럼 많은 역경을 견뎌내는 인내를 길러주어야 한다. 이런 인내를 견디지 못하면, 시련이 닥치면 곧 쓰러지므로 훌륭한 사람이 될 수가 없다. 그러므로 필자는 젊은 엄마들에게 인내의 교육을 권하고 싶다.

봄이 오면
남풍이 불고
따뜻한 햇볕이
대지를 데운다.

초목은
잎을 틔우고
금수禽獸는
새끼를 낳고

하늘은
이슬비 내리고

소낙비 내려
천지를 적시면

천둥번개 진흙개비
거센 바람 견디어
빨갛고 노란
결실을 맺나니
사람도 이와 같다네.

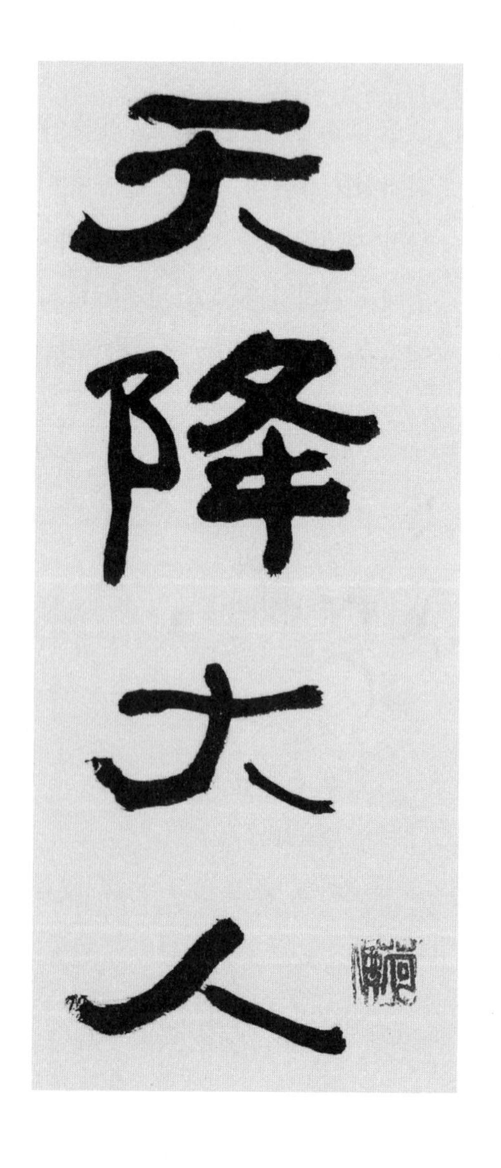

43
사계의 순환을 즐기는 길목에서

옛말에 "농사는 천하의 근본이다.〔農者天下之大本.〕"라는 말이 있다. 이 말은 오늘날도 변함이 없는 진리이니, 왜냐면 사람이 아무리 돈이 많은 부자라도 먹지 않고는 살 수가 없으니 하는 말이다. 좋은 옷을 입고, 좋은 차를 타고, 좋은 집에 살아도 농군이 만들어내는 곡식으로 밥을 해먹지 않으면 살지 못하는 것이 사람이다.

예부터 농군은 사계四季의 변환을 꿰뚫어 알고 살았으니, 설사 무식하여 낫 놓고 기역자는 몰라도 동지와 하지, 입춘과 추분 등 24절기는 모두 알고 살았다. "망종芒種[14] 전 모내기"라는 말이 있으니,

14 망종芒種 : 일 년 중 논보리나 벼 등의 곡식의 씨를 뿌리기에 가장 알맞다는 날. 이십사절기二十四節氣의 하나로 소만과 하지 사이에 있다. 춘분점을 기준으로 하여 태양이 황도黃道의 75도度에 이르는 때로 양력 6월 6일 경이다.

이는 즉 망종 전에 모내기를 해야 많은 수확을 얻는다는 말이고, 24절기는 1년 동안의 기후의 변화를 정확히 알 수 있도록 만들어진 절기이므로 이를 알아야 농사를 잘 지을 수 있다는 말과 통한다.

바닷가에 사는 어부는 조금[15]과 사리[16]를 잘 알아야 바다에 배를 띄워 고기를 잡을 수가 있는 것이니, 일례로 도시에 사는 사람이 바닷가에 가서 조개와 소라를 줍고 게를 잡고 낙지를 잡으려면 조금날을 정해서 바닷가에 나가야 물이 빠진 갯벌의 고기를 잡을 수가 있는 것이다. 그러므로 고인들은 사계의 계절과 절기를 항상 머릿속에 넣고 살았던 것이다.

《삼국지연의》 속의 "적벽대전" 에서, 제갈량이 바람을 이용하여 승리한 일을 살펴보면, 때는 늦은 가을이므로 북서풍이 부는 때인데, 동남풍이 불어야 화공火攻으로 조조의 100만 수군을 공격하여 승리할 수가 있었다. 이에 제갈량은 하늘에 간곡히 기도를 올리고 앞으로 3일 뒤에는 반드시 동남풍이 불 것을 예언했는데, 그 예언이 정확히 들어맞아서 화공火攻으로 승리할 수가 있었다. 이렇게 변화하는 날씨를 이용하여 천하의 대세를 판결지을 수도 있었던 것이다.

그러면 현대인들은 사계의 변화를 몰라도 잘 살 수 있을까! 천만

15 조금 : 조수潮水가 가장 낮은 때. 매달 음력 7, 8일과 22, 23일에 있다.

16 사리 : 매달 음력 보름과 그믐날, 조수潮水가 가장 많이 밀려오는 때.

의 말씀이다. 하나의 기업을 운영하는 일도 봄, 여름, 가을, 겨울의 돌아가는 날씨의 변화를 정확히 알아야 좀 더 나은 운영을 할 수가 있는 것이니, 봄은 생기가 도는 계절이므로 사람은 활기차게 1년의 희망을 가슴에 안고 살아가면서 많은 일에 의욕을 가질 수가 있어서 보다 많은 성과를 낼 수가 있는 것이고, 여름은 무덥고 습기가 많으며 불쾌지수가 높아서 몸은 나른하고 게을러져서 일에 성과가 없는 계절이며, 가을은 하늘은 높고 푸르며 곡식과 과일은 노랗게 익을

때인지라. 사람은 성과를 내기에 가장 좋은 계절로 많은 일을 할 수가 있고, 겨울은 기온이 영하로 떨어져서 사람이 활동하기에 부적절하므로 일에 성과가 나지 않는 것이다.

이러한 사계의 순환을 정확히 알고 생산해서 판매해야만 많은 이윤을 얻을 수가 있고, 그리고 재고를 줄일 수가 있는 것이다.

일례로, 아이스크림을 생산하는 회사는 무더운 여름에 많은 제품을 만들어서 팔아야 수익이 많은 것인데, 추운 겨울에 많은 제품을 생산했다면 이거야말로 판매는 줄고 재고만 쌓이게 될 것이니, 현대인이라고 계절을 무시할 수는 없는 것이다.

그러므로 사람이 세상을 살아가는 데는 반드시 계절이 순환하는 원리를 정확히 파악하고 이를 조종할 줄 알아야 성공적인 세상을 살게 되는 것이다.

세상은
돌고 돈다.
세월도
돌고 돈다.
태양도
돌고 돌고
달도
돌고 돈다.

돌고 도는
동그란 원을
사람은
탈 줄 알아야 한다.
인간사의 승리가
그 안에 있으니

마음의 눈을
크게 뜨고
좌우전후로
살펴야 한다.

44
금산 칠백의사

조선 선조 25년 임진년(1592) 음력 4월 13일에 왜구는 현해탄을 건너 부산포로 쳐들어왔다. 당시 조선은 문인의 나라였으므로, 군사를 양성하지 않았기에 방어를 하지 못했고, 이에 왜구는 거침없이 북상하여 서울을 함락하고 의주를 향해 쳐 올라갔다.

이때에 선조는 서울을 버리고 몽진蒙塵 길에 올라서 의주義州에 가서 행재소를 차리고 주재하고 있었으니, 나라가 풍전등화처럼 위태로운 지경에 이르렀다.

이에 옥천의 인봉仁峰 아래에 '인봉정사'를 짓고 그곳에서 피신하고 있던 인봉仁峰 전승업全承業[17] 선생은 큰아들 급汲을 시켜서 건너편 중봉重峯의 아래에 '중봉정사'를 짓고 그곳에 살고 계시는 중봉 조헌趙憲 선생을 모셔오라고 했다.

중봉 선생이 오시자 인봉은 "군왕께서 의주로 몽진하셨는데, 신자臣子가 되어서 우리만 이곳에서 편안하게 살 수 있습니까! 같이 의병을 일으켜서 왜구를 물리칩시다."고 하니, 중봉 선생도 쾌히 승낙하시어서 비로소 창의倡義의 기치를 들고 일어났다.

인봉 선생은 임진란이 일어날 것을 미리 알고 병사로 쓸 장정 100명, 곡식 100섬, 군복 100벌을 미리 준비해 놓았다가 이때에 의병에 쓰도록 했다고 《인봉 선생 유고》에서 전한다. 당시 중봉 선생

17 전승업全承業 : 사재감첨정司宰監僉正. 중봉重峯의 문인. 자는 효선孝先, 호는 인봉仁峰. 참판 팽령彭齡의 손자. 항의신편에 의하면, 중봉과 함께 가장 먼저 창의倡義하고 중봉의 밑에서 군수물자를 담당하는 막료로 활약하였고, 중봉이 쓴 상소문을 가지고 의주로 가던 도중 당진에서 중봉이 이끄는 7백 명의 군사가 전멸하였다는 소식을 접하고 상소문은 부관 곽현에게 맡기고 금산으로 돌아와 벗 박정량과 같이 중봉의 시신을 수습하여 장례를 치르고, 나머지 7백 의사는 시신을 한 곳에 묻었음. 뒤에 사헌부장령司憲府掌令에 추증되었다. 《인봉집仁峰集》이 있고, 후율서원後栗書院에 배향됨.

을 선생님으로 모시던 인봉은 중봉을 의병대장에 추대하고 자신은 막하幕下에서 막료幕僚로 일을 주선하겠다고 하였다.

1차 전투는 청주에서 있었다. 의병장 영규대사와 합세한 중봉의 의병은 우선 청주에 있는 왜병과 싸워서 크게 승첩하였다. 이 승첩한 보고서〈봉사封事 : 상소문〉를 의주에 있는 행재소에 전달해야 하는데, 당시 조선팔도에는 왜병이 많아서 육로로 가지 못하고 바닷길을 잡아 배를 타고 가야 하는데, 이 중요한 임무를 맡을 마땅한 사람을 찾다가 결국 인봉이 맡았고, 배를 타고 가다가 당진에 내렸는데 중봉의 의병 700명과 영규대사가 이끄는 승병 300명이 금계전투에서 몰사했다는 소식을 접했다.

인봉仁峰 전승업全承業 선생은 봉사(封事 : 승첩을 알리는 상소문)를 부관인 곽현郭賢에게 맡기고 금산으로 내려와서 동료 박정량과 같이 칠백 의병義兵의 시체와 삼백 승병의 시체를 모아 몇 군데로 나누어 묻었으니, 이를 '칠백의총七百義塚'이라고 한다. 그리고 의병장인 중봉 선생의 시신을 수습하여 옥천으로 운구하여 장례를 치렀다고 한다.

이때에 왜군은 호남의 곡창지대를 차지하려고 해서 우선 창녕과 진주를 통해서 전라도로 통하는 길로 진격했는데, 이때 의병장 곽제우가 이끄는 의병에 의해 경상우도를 통하여 호남에 이르는 길은 저지되었다. 이에 방향을 바꾸어서 금산을 통하여 전주에 이르는 길을 잡고 침략했는데, 조헌의 의병과 영규의 승군이 이 길목을 막고 지키고 있었으니, 이곳에서의 전투는 불가피했다.

조헌趙憲의 의병은 8월 1일에 청주성을 수복하고 온양에 이르렀다. 여기서 금산을 점거한 고바야〔小早隆景〕의 일본군을 무찌르기 위해 공주로 돌아왔으나, 충청도 순찰사 윤국형尹國馨의 시기와 방해로 의병들이 흩어지고 700여 명만이 남았다. 8월 16일에 조헌은 남은 의병을 이끌고 금산으로 향했다. 이때 별장 이산겸(李山謙 : 이토정의 아들)이 금산에서 패하여 후퇴하면서 일본군의 세력이 만만치 않다고 조헌을 만류하였다. 이를 거절한 조헌은 전라도 관찰사 권율權慄과 공주목사 허욱許頊에게 협공을 제의했다. 그러나 그들이 주저하자 영규靈圭의 승병과 합해 8월 18일 금산성 밖 10리 지점에 진을 치고 관군의 지원을 기다렸다.

왜군은 조헌 의병에 관군의 지원이 없음을 알고 복병을 내어 공격했다. 조헌은 "한 번의 죽음이 있을 뿐 '의義' 에 부끄럼이 없게 하라." 고 군사들을 독려하여 3차례의 왜군의 공격을 물리쳤다. 그러나 화살은 다 떨어지고 결국 육박전으로 대응하여 싸운 끝에 모두 전사했다. 이 싸움에서 일본군도 무수한 전사자를 내고, 무주와 옥천에 집결해 있던 왜병과 함께 퇴각했다.

이 싸움으로 인해 호남·호서 지방을 공격하려던 일본군의 목적이 좌절되었고, 이로 인하여 전라도에 군영을 둔 삼도수군통제사인

이순신 장군이 활동할 수 있는 근거를 마련한 것이다. 만약 이 금산 전투가 없었다면 왜군은 전라도를 침략하여 육로로 이순신의 군영을 침략했을 것이니, 이렇게 되었다면 이순신의 눈부신 활약도 없었을 것이고, 왜군을 몰아내기도 어려웠을 것이다.

조헌은 문신이고 성리학자인데, 왜 왜구를 몰아내는데 앞장을 섰을까! 이는 조선의 백성을 살기기 위하여 죽음을 무릅쓰고 전투를 한 것이니, 이도 또한 생명을 살리기 위한 하나의 방편이 되는 것이다.

세계의 역사에서 1,000명의 군사가 한 명도 달아나지 않고 의병장의 명령에 따라 나가 싸우다가 모두 전사한 일은 없다. 오직 금산 전투가 유일하니, 비록 님들은 죽었으나 그 이름 청사에 빛날 것이다.

역사에 보면
왜구의 조선 침략은
수시로 이루어졌다.
그러나 가장 치열한 전투는
임진왜란이었을 것이다.
백성이 어육魚肉이 되었고
포로가 되어 잡혀간 자
헤아릴 수 없이 많다.
이때 의병의 눈부신 활약은

죽음을 무릅쓴 전투이었으니
모두 이들의 마음은
오직 나라 구한다는 일념과 투지 하나로
사지死地를 내 집같이 질주하였다.
생각하면, 오늘날에도
그들의 무용武勇을 기리고 배워서
나의 조국을 지켜야 하나니.

45
공의公義의 행위

의리를 대의大義라 하여, 나의 사적인 감정을 버리고 대의적 차원에서 남을 돕거나 세상에 이로움을 끼치는 것을 "의리〔義〕의 행위"라 하니, 《맹자孟子》에 보면, 당시 양梁나라 혜왕이 맹자를 국사國師로 초빙하여

"어찌하면 우리나라에 유익함이 있겠습니까!"

하고 물으니, 맹자가 대답하기를,

"왕께서는 어찌하여 이로움만 찾으십니까! 세상에는 대의大義라는 것이 있습니다."

고 하면서 맹자의 대의론이 전개되는데, 대체로 이로움을 찾는 것을 소리小利라 하고, 공의公義적 차원에서 남을 위해서 일을 하는 것을 '공의의 행위' 라 하는 것이니, 6.25전쟁 때에 중공군에게 밀린 유엔군이 홍남철수작전에서 민간인 10만 여명을 구출한 것은 대의大

義의 행위이므로 아래에 그 사실을 기록한다.

당시 장진호 전투에서 많은 피해를 입은 국군과 유엔군은 1950년 12월 원산이 적중에 넘어가 퇴로가 차단되자 흥남 해상으로 철수할 수밖에 없었으며, 흥남 주변에 몰려든 10만 명의 북한 주민들도 유엔군의 도움을 받아 군함을 타고 월남하였다.

한국 정부는 유엔군이 중공군에게 밀려 평양을 포기하게 되자, 1950년 12월 4일 평양시의 전 행정기관을 철수시키고, 38선 접경 및 그 이북 전역에 다시 비상계엄을 선포하였다. 아울러 정부는 자유를 찾아 남하하는 50여만 명에 달하는 이북 피난민 동포 구출을 위한 긴급조치를 취하였다. 1951년 1·4후퇴를 전후하여 많은 북한 주민들이 북한을 탈출하여 월남했다. 중공군의 역습으로 가장 위급한 상태에 있던 유엔군은 육로와 동해안 방면으로 신속하게 후퇴하였다. 따라서 유엔 해군은 서해에서의 철수보다는 흥남에서의 대규모 철수작전에 전력을 기울이게 되었다.

1950년 12월 당시 서부전선으로 북진한 제8군은 육로로 후퇴할 수 있었지만 동부전선 장진호 방면으로 북진한 미 제10군단의 병력은 원산 지역이 중공군에게 넘어가자 퇴로가 차단되는 지형 특성상 해상으로 철수할 수밖에 없는 상황이었다. 장진호 전투 시 하갈우리에는 현지 주민을 비롯하여 함흥 방면에서 올라온 주민들이 전투를 피해 주변 계곡이나 동굴에 숨어 있다가 미군이 진주하자 운집하고 있었다.

피난민들은 영하 27도의 추위 속에서 중공군의 공격을 방어하면서 작전기지인 함흥, 흥남으로 천신만고 끝에 후퇴하였으며, 원산에 주둔해 있던 미 제3사단도 중공군이 남쪽의 퇴로를 막아 이곳으로 이동해 왔다. 이때 집결 병력은 10만 5천여 명이었다. 1950년 12월 10일 유엔군은 12일부터 23일까지 철수작전을 단행하였다. 미 제10군단장 알몬드 장군은 처음에는 6백만 톤이나 되는 무기와 장비를 수송해야 했기에 피난민 수송이 어렵다고 하였으나, 국군 제1군단장 김백일 장군과 통역인 현봉학의 설득으로 마지막에는 남는 공간에 피난민 수송을 허락하였다. 피난민 승선이 허락되자 부두는 아비규환의 수라장으로 변하였다. LST 한 척에는 정원의 10배가 넘는 5천여 명이 승선하였지만, 30만의 인파 중 마지막까지 배를 탄 피난민은 9만 1천여 명이었다. 피난민 승선으로 4백 톤의 폭약과 차량, 장비 등 5백 60만 톤의 장비가 유기되었으며, 승선이 끝난 후 해군함대와 폭격기가 집중사격을 가하여 폭파시켰다.

흥남철수작전은 여러 가지 기록을 남겼다. 10만 명이 넘는 병력과 17,500대의 각종 차량, 35만 톤의 물자를 함정으로 완전하게 철수시켰다. 그 과정에서 한국군 지휘관들의 강력한 주장으로 남행을 결심한 피난민 98,000명까지 포함되었다. 이와 함께 항공기를 이용해 병력 3,600명과 차량 196대, 1,300톤의 물자를 철수시켰다.

흥남철수작전은 대규모적인 육해공 합동작전이었기 때문에 가능했다. 그 같은 작전의 성공으로 국군과 유엔군은 상당한 전투력을 보존해 다음 단계의 작전을 수행할 수 있었다.(한국민족문화백과사전에서)

높은 자리에 있는 사람은 더 많은 의로운 일을 할 수 있는 것이고, 낮은 자리에 있는 사람은 자신의 자리에 비례하여 작은 의義의 일을 할 수 있는 것이나 의義의 일을 했다는 것은 모두 한가지이다.

위에서 보인 미 제10군단장 알몬드 장군은 전쟁 시에는 부하들의 생사여탈권을 쥔 막중한 자리로, 당시 퇴로가 막힌 상황에서 군함과 상선을 이용한 뱃길로 자유를 찾는 수많은 피난민을 적지에서 구출할 수가 있었으니, 이는 청사靑史에 빛나는 대의大義의 행위가 된다.

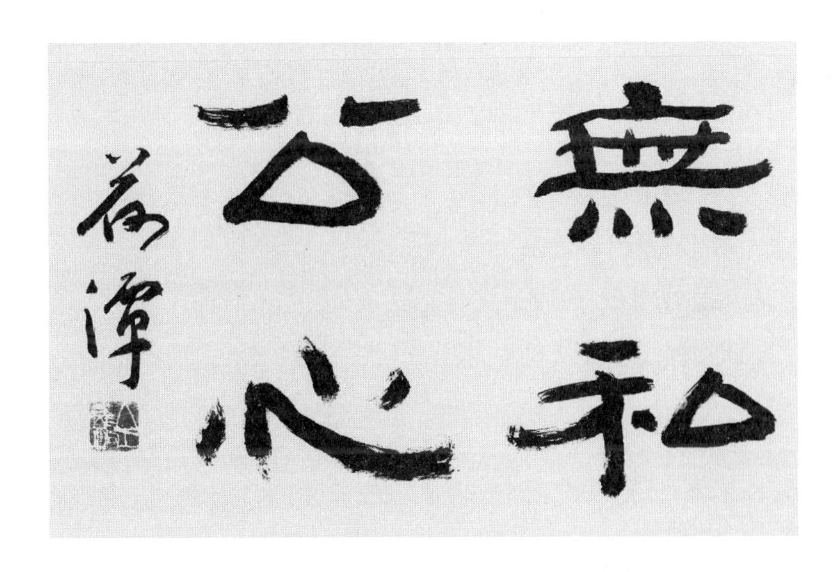

필자가 13~14세 때에는 서당에 다니면서 한문을 공부하던 때인데, 삼바실에서 녹간서당을 가려면 지루지의 큰 개천이 있는데, 하루는 그 개천에 어린아이가 물에 둥둥 떠내려가고 있었다. 그래서 빨리 물에 뛰어 들어가서 그 아이를 구출하여 집으로 보냈다. 물론 그 아이의 부모는 자기 자식이 물에 떠내려가다가 구출된 것을 알지 못하기 때문에 필자에게 와서 고맙다는 인사를 하지 않았고, 필자도 그 일을 아무한테도 말하지 않고 오늘에 이르렀지만, 이도 또한 어린아이를 구한 의義의 행위가 된다.

위에서 군단장이 10만여 명을 구출한 것은 그의 직책이 그만큼 컸기 때문에 가능한 것으로, 군단장의 직책으로 최선을 다한 행위이고, 13~14세의 필자도 어린 소년으로 물에 빠진 1명의 어린이를 구한 것도 최선의 의義의 행위를 한 것이니, 비록 크고 작은 행위는 있을지라도 대의大義의 행위에서 본다면 모두 같은 행위라 할 것이다.

하늘의 붉은 태양은
세상에 온기를 주고
하늘의 검은 구름은
세상에 습기를 준다.

아침에는
태양이 떠오르고
저녁에는

많은 별들이 떠오르니

이 모두
대의大義의 운행이고
소리小利의 운행이 아니다.
몽매한 사람은
이를 보고 배우는 것이다.
대의의 길을…

46
효도 이야기

자식이 부모를 잘 받든다는 효孝자를 풀어보자. 늙을 로〔老〕와 아들 자〔子〕를 합한 글자가 효孝자인데, 아들이 늙은 부모를 받들어 모시는 형태로 만들어진 글자이다.

사람이 세상에 태어나서는 부모님의 보살핌을 받으면서 자라고, 공부하고, 직장을 잡고, 장가를 들어서 분가分家를 하고, 자식을 낳고, 부富를 축적하고 명예를 쌓으며 살아가는 것이 인생이다.

그러나 사람이 늙으면 힘이 빠지고 기력은 쇠하며 눈은 침침해서 일을 하지 못한다. 그러므로 자연히 돈을 벌지 못하니, 사회에서 뒷전으로 물러나게 되는 것이다.

이때가 되면 자식의 보살핌을 받아가며 살아가는 것이 우리 인생인 것이니, 이런 늙은 부모를 잘 모시는 것을 효도라고 하는 것이다. 그러므로 사람의 규범 중에 "충효忠孝"가 가장 상위에 들어가는 것이니, 그러면 공자께서 말씀한 순임금의 대효大孝를 알아보자.

△ 순舜임금의 효도

《맹자》 만장萬章장에 보면, 순임금의 아버지 고수瞽叟는 완악하고, 계모는 사납고, 이복 아우 상은 오만하여 모두 순을 미워하고 해치려고 했다. 그러나 순은 부지런히 농사 지어 효성을 다하였지만 부모는 여전히 사랑하지 않았다. 그렇지만 순은 부모의 뜻을 기쁘게 하지 못하는 자신을 원망할 뿐, 더욱 부모를 사모하여 마지 않았다.

이 소식이 세상에 알려지자, 당시 제왕인 요堯임금이 순의 덕을 사모하여 두 딸을 순에게 시집보내고, 아홉 아들을 시켜 순이 농사 짓는 들에서 순을 섬기게 했다. 이에 천하 사람이 순에게 돌아갔고, 그러므로 천하를 순에게 물려주어 순으로 하여금 천자天子가 되게 했다.

순舜은 천하 사람이 모두 자기를 따르고, 아름다운 아내를 얻고, 천하를 소유하는 부富를 누리고, 천자의 존귀한 몸이 되어서 인간의 영화가 더할 것이 없건만, 그것으로도 순의 근심을 풀 수는 없었다.

사람은 여색을 알게 되면 젊고 어여쁜 여자를 사랑하고, 처자가 있으면 처자를 사랑하는 것이 인정이건만, 순은 늙기에 이르기까지도 부모를 사랑하는 간절한 뜻이 변함이 없었다. 이에 그렇도록 완악한 아버지 고수瞽叟도 순의 지극한 효성에 감동되어 마침내 인자한 아버지로 변했고 천하 사람에게 감명을 주었다. 이 일로 말미암아 당시의 도덕 질서가 확립된 이상사회가 구현되었다고 한다. 이를 요순堯舜의 시대, 즉 성군이 다스리던 이상사회이다. 유학儒學에서는 이런 세상을 만드는 것을 정치의 목표로 삼는다.

공자는 말씀하기를, "순임금은 지극한 효자이니, 덕德으로는 성인聖人이고, 지위로는 천자天子이며, 부자로는 사해四海의 안을 모두 소유했고 종묘宗廟에서 제향하고 자손을 보존하니, 이는 대덕大德을 지닌 분으로 반드시 그 지위를 얻고, 반드시 그 봉록을 얻으며, 반드시 그 명예를 얻고, 반드시 그 장수長壽함을 얻었다.〔子曰, 舜其大孝也與, 德爲聖人, 尊爲天子, 富有四海之內, 宗廟饗之, 子孫保之, 故大德, 必得其位, 必得其祿, 必得其名, 必得其壽.〕"고 했으며, 맹자는 말씀하기를,

"순은 저풍에서 나고, 부하로 옮겼으며, 명조에서 졸했으니, 동이의 사람이다.〔舜生於諸馮, 遷於負夏, 卒於鳴條, 東夷之人也.〕" 라고 하여 우리의 조상인 동이족이라고 하였다.

△ 소련대련少連大連

역사상 최초로 부모의 상喪에 3년 상喪을 치룬 사람은 소련대련少連大連이니, 이 사람도 동이東夷의 사람이라고 하였다.

《예기》〈잡기雜記〉에 보면 "공자가 말씀하기를,

"소련과 대련은 상례 기간에 효성을 잘 지켰다. 3일 동안을 게을리 하지 않았고, 3개월 동안을 해이하지 않았으며, 1년 동안을 슬퍼하였고, 3년 동안을 초췌하게 지내었다.〔孔子曰, 小連大連善居喪, 三日不怠, 三月不解, 期悲哀, 三年憂.〕"고 하였다.

△ 증자曾子

증자曾子는 대단한 효자였다. 그의 아버지는 증점曾點으로, 공자보다는 4살이 적은 사람이다. 그는 초기에 공자 문하에 들어간 사람으로, 당시 노나라에서는 그를 광狂이라 불렀을 만큼 뜻이 대범하고 목소리가 커서 이른바 '하지 못할 일이 없다.〔無所不爲.〕' 고 하는 사람이었다.

증자의 효성을 익히 아는 공자는 증자를 위하여 효경孝經을 지어줄 만큼 그의 효성을 인정하고 아끼었다. 그 효경의 첫머리는 이렇게 시작된다. "우리 몸의 터럭하나 살갗 한 점도 모두 부모님으로부터 물려받은 것이므로 함부로 훼손해서는 안 된다.〔身體髮膚受之父母不敢毁傷.〕" 고 하였다.

그는 평소 아버지 증점을 모시면서 지극한 정성으로 하였으니, 매일 밥상을 올림에 반드시 술과 고기를 곁들였다. 그리고 아버지의 식사가 끝나면, '혹 오늘의 음식을 어느 분과 나눠 드실 분은 없습니까? 하고 묻고, 혹 아버지가 '그래. 이 음식이 맛이 있으니, 박노인에게 갖다 주어라.' 하면, 증자는 바로 '예' 하고 대답한 후 아버지의 명을 시행하였다. 그래서 세상 사람들은 증자의 효도를 '아버지의 뜻을 봉양하는 양지養志의 효도' 라고 불렀다.

증점이 죽고 대신 증자의 아들인 증원曾原이 아버지를 모심에 있어서 어릴 때부터 보고 배운 대로 아버지를 모셨지만, 그러나 음식을 누구와 나눠 드실 것인가는 묻지 않고 오직 아버지에게만 드렸다. 그래서 세인들은 증원의 효도를 '아버지의 몸만 봉양하는 양체養體의 효도' 라 불렀다.

△ 조선 중기 전엽全燁의 효도

명종 21년(1566) 1월 19일(신해) 첫 번째 기사는, '효성이 지극한 전엽을 포상하다.' 로 시작하는 기사이니, 전엽全燁은 필자의 15대 조이다.

"옥천沃川 거주居住 생원生員 전엽全燁은 천성이 순근純謹하여 사람을 성심으로 대접하고 어버이를 효성으로 섬겼다. 그의 아비인 목사牧使 전팽령全彭齡이 치사致仕한 뒤로 빈궁하여 끼니가 자주 어려워지자, 전엽이 힘을 다해 봉양하여 맛있는 음식을 적극 마련하였고, 그 음식이 남으면 반드시 아비가 주고 싶어하는 사람에게 주고자 하였다.[18] 혼정신성昏定晨省[19]하여 슬하를 떠나지 않고 항상 옆에

■

18 음식이 남으면 반드시 아비가 주고 싶어하는 사람에게 주고자 하였다. : 효孝에 있어, 부모의 구복口腹만 봉양하는 것보다 그 뜻을 받드는 것이 더 값지다는 말로, 지극한 효행을 뜻함. 춘추 시대 증삼曾參이 그 아버지 증석曾晳을 봉양할 때 상을 물리면서, 아버지의 뜻을 받들기 위하여 남은 음식을 주고 싶은 사람이 없느냐고 물었고, 증석이 그 음식이 남아 있느냐고 물으면 으레 있다고 하였다 함. 《맹자孟子》〈이루 상離婁上〉

19 혼정신성昏定晨省 : 부모를 모시는 일상의 예절로, 저녁에는 이부자리를 펴 드리고, 새벽에는 밤사이의 안부를 살피는 일을 이른다. 《예기》〈곡례 상曲禮上〉에, "자식 된 자는 어버이에 대해서 겨울에는 따뜻하게 해 드리고, 여름에는 시원하게 해 드려야 하며, 저녁에는 잠자리를 보살펴 드리고, 새벽에는 문안 인사를 올려야 한다.〔冬溫而夏凊, 昏定而晨省.〕"라고 하였다.

서 모시는 것을 임무로 삼았으며 벼슬에는 뜻이 없었다. 기유년에 아비의 명령을 어기기 어려워 향시鄕試에 장원壯元하였으나 관직을 얻는 것에 급급하지 아니하여 회시會試에 응시하지 않았으니, 이는 혼정신성을 빠뜨릴까 염려해서인 것이다. 평소 오가는 빈객이 그 아비를 방문하면 몸소 반찬을 마련하여 그 마음을 기쁘게 하였고, 병을 간호할 적에는 잠시도 곁을 떠나지 않고, 약은 반드시 먼저 맛보았으며, 옷에는 띠를 풀지 않았다. 대고大故를 당하여서는 치상治喪 절차를 일체 《가례家禮》를 따랐고, 복服을 마친 뒤에도 출고반면出告反面[20]을 일체 평소와 같이 하였다. 계모繼母를 섬김에는 한결같이 지성至誠으로 하였고, 족친 중에 빈궁하여 오갈 데 없는 이를 가엾게 여기어 구제해 주곤 하였다. 한 5촌질 되는 사람의 부처夫妻를 10년 가까이 데리고 있었는가 하면 전토田土까지 넉넉히 주어 생계를 개척하게 하였고, 또 조카 두 사람이 몹시 빈궁하자 전토를 주어 경작하게 하였으므로 향당鄕黨이 그 효우를 일컫고 여리閭里가 그 행의에 탄복하였으므로 문려門閭에 정표를 하고 벼슬로 포상하였다."고 하였다.

위의 기사 넷을 보건대, 순舜과 소련대련, 그리고 전엽全燁은 동이족, 즉 조선사람이고, 증자는 공자의 제자로 노魯나라 사람이다. 부언하면, 노魯의 지역은 옛적 고조선이 지배하던 땅으로 알고 있다.

20 출고반면出告反面 : 외출할 때 고유하고 돌아와서 참배하는 일.

효도와 충성은 사람이 세상을 살아가는데 있어서 반드시 갖추어야 할 덕목이니, 필자도 항상 충효忠孝를 마음에 새기고 있지만 말처럼 쉽게 되는 것이 아니다. 노력해야 한다.

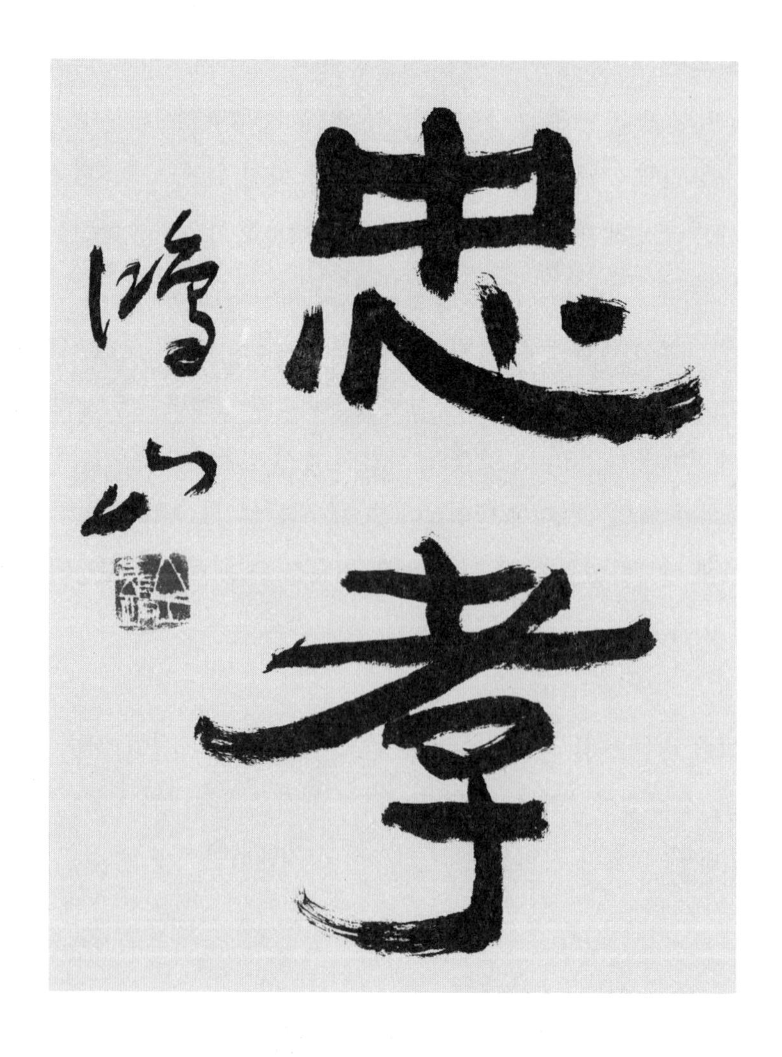

고조선의 소련대련
효도의 효시
우국虞國의 순임금
대효大孝의 임금
노나라의 증삼曾參
성인聖人이 인정한 효자이고
조선의 전엽全燁은
삼강록에 든 효자라네.

자식을 잉태하면
어머니 뱃속에서 1년
세상에 태어나면
진자리 마른자리 3년
성인이 되기까지
부모의 보살핌 필요하지.

나는 새 까마귀도
보본報本을 알아
봉양하는데
황차 사람으로
효도하지 않으랴!

47
기다림의 미美

미당 서정주 시인은 일찍이 '국화 옆에서' 라는 시에서

> 한 송이 국화꽃을 피우기 위해
> 봄부터 소쩍새는
> 그렇게 울었나보다.
>
> 한 송이 국화꽃을 피우기 위해
> 천둥은 먹구름 속에서
> 또 그렇게 울었나 보다.

라고 읊었으니, 이는 가을에 피는 국화가 꽃을 피우기 위해서는 봄에 싹을 틔우고 무더운 여름을 거쳐서 서리가 내리는 추운 계절이 되어서야 비로소 아름다운 꽃을 피운다는 시이니, 시인은 이 시에서 기다림의 아름다움을 노래한 것이다.

《맹자》 공손추 상에 보면, “농사를 짓는 송나라 사람이 논에 나가 보니 남의 논에는 벼이삭이 모두 나왔는데, 우리 논의 벼는 이삭이 나오지 않았으므로 남의 논의 벼와 같이 빨리 이삭이 나오도록 이삭을 모두 뽑아놓고 집으로 돌아와서 이삭이 빨리 나오도록 도와주고 왔다고 하므로, 그의 아들이 논에 가서 보니 이삭은 이미 모두 말라 죽었다.” 고 하는 이야기가 있다.

이는 일에는 순서와 과정이 있는데, 이를 무시하고 그저 조급한 마음에 무리수를 두어서 결국에는 모든 것을 망치고 만다는 것을 단적으로 보여주는 이야기이다.

요즘 필자가 속한 서예계도 이런 사람들을 흔히 볼 수가 있으니, 공부가 익지 않아서 아직 공모전이나 개인전을 할 처지가 아닌데, 급한 마음이 앞서서 서툰 글씨를 공모전에 내놓는 경우를 종종 볼 수가 있고, 그리고 이 사람을 가르친 선생도 또한 자기의 제자가 입,

특선에 뽑히도록 물심양면으로 힘을 써서 당선을 시키는 경우가 허다하다.

이런 무리수를 두어서 혹 입, 특선을 했다고 해도 결국 본인에게 득이 되는 것이 아니고 많은 손해가 찾아오는 것을 알지 못한다. 왜 손해가 오냐 하면, 공모전에 당선이 되면 자만심이 생겨서 공부를 게으르게 하니, 미래에 더욱 잘하는 작가가 되지 못한다. 그리고 당선작가는 이미 작가의 칭호를 받은 사람이므로, 주위의 친구들도 서예에 대한 훈수를 할 수가 없으니, 결국 나의 잘못된 작품을 바로잡을 기회를 상실하고 마는 것이다.

밤하늘에 뜬 달을 보면 영허盈虛[21]의 법칙이 있다. 한 달을 주기로 하여 15일간은 계속 채워주고, 15일간은 계속 이지러진다. 태초부터 지금까지 급하다고 해서 이 법칙을 한 번도 어기지 않았다.

우리들 사람도 반드시 이 법칙의 운용을 받는다. 급히 먹는 밥은 체하고, 급히 달려 나가면 자빠지고 마는 것이 우리 인생인 것이다.

필자도 서예공부를 할 적에는 하루빨리 남에게 보여주고 남이 알아주기를 바라 마지않았는데, 오늘에 와서 보니, 모두 부질없는 욕심이었다는 것을 깨달았다.

강태공이 120살을 살았는데, 40년은 공부하고, 40년은 낚시질하

21 영허盈虛 : 가득차거나 이지러지다.

며 자기의 세상이 오기를 기다렸고, 40년은 주周나라 무왕武王을 만나 천하를 통일하고 선정善政을 베풀었으며, 말년에는 제齊나라를 식읍食邑으로 받았다고 한다.

요점은 국화꽃이 꽃을 피우기 위해서는 봄과 여름을 거쳐서 찬 서리가 오기를 기다렸고, 초승달이 보름달이 되기 위해서는 보름이라는 일자가 필요하듯이, 부자가 되려고 해도 많은 시간이 필요하고, 학자가 되려고 해도 많은 공부의 과정을 거쳐야만 비로소 학자가 되는 것이다.

씨앗은
봄볕을 기다려
싹을 틔우고
새싹은
꽃을 피우고
열매를 맺는다.

아!
목마른 사람이
급히 먹는 물
체하여 고생을 한다.
그러므로
만사는 차근차근 진행하여
넘어지고 자빠지는 일
없어야 한다.

48
고려의 국성國姓인 왕씨王氏와 전씨全氏

족보族譜란, 한 종족宗族의 계통이 부계父系를 중심으로 알기 쉽게 체계적으로 나타낸 책으로, 동일혈족同一血族의 원류를 밝히고 그 혈통을 존중하며 가통의 계승을 명예로 삼아 효의 근본을 이루기 위한 집안의 역사책이다.

족보의 기원은 원래 중국의 육조시대六朝時代부터 시작되었는데, 이는 제왕년표帝王年表를 기술한 것이었으며, 개인적으로 보첩譜牒을 갖게 된 것은 한漢나라 때 현자를 등용하기 위한 현량과賢良科 제도를 설치하여 응시생의 내력과 그 선대先代의 업적 등을 기록한 것이 시초가 된다. 특히 북송北宋의 대문장가인 삼소三蘇(소순蘇洵, 소식蘇軾, 소철蘇轍)에 의해서 편찬된 족보는 그 후 모든 족보 편찬의 표본이 되었다.

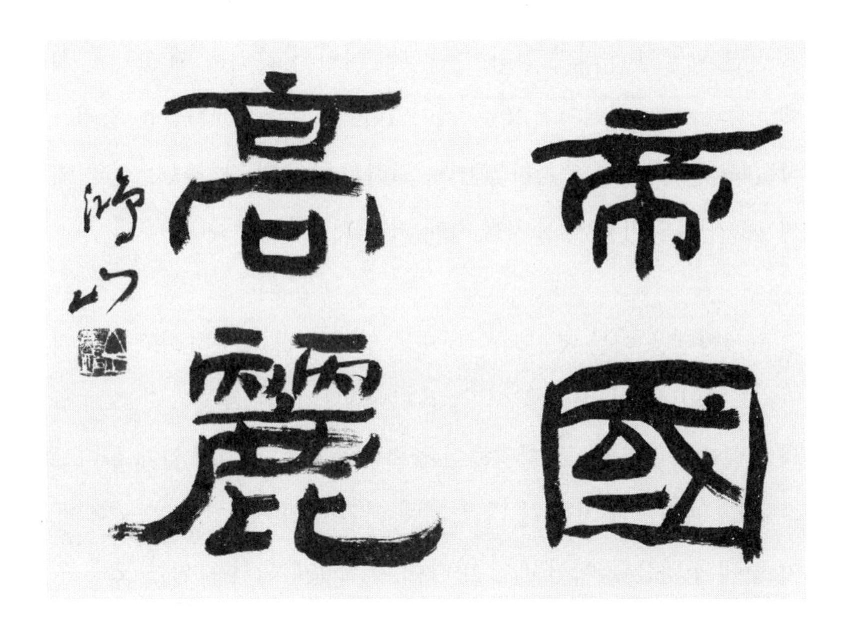

우리나라에서는 고려 왕실의 계통을 기록한 것으로, 의종毅宗 때 김관의金寬毅가 지은 왕대종록王代宗錄이 그 효시라 할 수 있다. 또한 사대부의 집에서는 가승家乘이 전해 내려왔는데, 체계적으로 족보의 형태를 갖춘 것은 조선 성종 7년에 발간된 안동 권씨의 성화보成化譜이고, 지금과 같이 혈족 전부를 망라한 족보 시조는 조선 명종 때 편찬된 문화류씨보文化柳氏譜로 알려졌으며, 지금까지 전해온다.

필자의 성인 전씨全氏는 원래 왕씨였다고 말하며, 기원을 중국의 신농씨에 두고 있다. 옛적 참서讖書에 "앞으로 왕씨王氏가 왕이 된다."라고 하니, 당시의 왕이 왕씨를 모두 잡아죽이라고 명령을 내려서 쫓기는 신세가 된 왕씨는 왕王자 위에 갓을 씌워서 나의 성은 왕王이 아니고 전全이라고 하였다고 한다.

천년 왕국인 신라가 망하고 왕건이 나와서 고려를 세웠으니, 실제로 참서讖書의 예언이 맞은 것이었다. 고려왕조 500년을 왕씨가 국성國姓이 되어서 통치하였는데, 고려의 국운이 다하니 조선의 이씨李氏가 나와서 다시 통치를 하게 되었다.

역성혁명을 이룬 조선의 이성계는 왕씨를 잘 대우하려고 하였지만, 그 밑의 신하들은 생각이 달랐다. 왕씨를 그대로 둔다면 다시 왕씨의 나라가 될 것을 두려워하여 왕씨를 섬으로 옮겨서 살게 한다고 속이고, 왕씨를 모이게 한 다음 배에 태워서 섬으로 가는 도중에 배의 밑에 구멍을 뚫어서 배가 바다에 가라앉게 해서 왕씨는 모두 수장水葬이 되었다는 전설이 있다.

그러므로 왕씨의 성을 가진 자들은 모두 성을 바꾸었으니, 全, 田, 玉 등 모두 왕王자가 들어가는 글자를 선택하여 성姓을 바꾸었다는 전설이 오늘까지 구전으로만 전한다.

정확한 기록이 있어야 믿을 수 있는 것이나, 그러나 만약 이를 기록한 사람이 있다면, 당시 왕조국가에서 왕씨를 씨가 마르도록 죽여서 없앤 잔악무도한 죄를 은폐하기 위해서 집권자들이 그냥 놔둘 리가 없는 것이다. 그러므로 누가 감히 목숨을 걸고 그 천인공노할 죄악이지만 기록하지 못했을 것으로 추측한다.

현재 대한민국의 인구수를 살펴보아도 600년 전에 건국한 국성인 전주 이씨는 인구 순위 3위인데, 이보다 500년 전에 개국한 고려의 국성인 왕씨는 찾아볼 수가 없을 정도로 희소하니, 성을 바꾸지 않은 왕씨는 모두 죽였다는 설이 맞는 말일 것으로 생각한다.

옛적 주나라의 문왕은 아들이 99명이라고 한다. 이렇게 왕조국가에서의 왕은 많은 부인을 거느릴 수가 있는 특권이 있는 사람으로 많은 자녀를 두었는데, 지금으로부터 1000년 전 고려 왕조 국성國姓의 자손인 개성 왕씨가 500년 후의 국성인 전주 이씨보다 인구면에서 비교가 되지 않을 정도로 적다는 것은 필자가 위에 적은 내용이 맞을 수 있다는 증좌가 된다.

전제국가에서는
제왕만 사람이고
신하들은 모두
노비였다네.

민주국가는
시민이 주인이고
공직자는
봉사하는 사람

고금을 비교하면
천양지차天壤之差
하고픈 말 다하는
꽤 쓸 만한 세상이네.

49

고향의 추억

필자의 고향은 충청도 부여군 내산면 삼바실이라는 마을인데, 양지말, 음지말, 감말 등 세 동네가 한 리里를 이룬 100여 호가 사는 마을이다. 그중에 필자의 성인 전씨全氏가 30호가 조금 넘게 살고 있으니, 마을 전체의 3분의 1이 필자의 친척들이다.

조선시대에는 홍산현 내산면으로, 원래는 홍산에 속한 마을이며, 필자의 조상은 모두 홍산에 적을 두고 300여 년을 이곳에서 살았다.

더 자세히 말하면, 원래는 충북 옥천에서 살았는데 14대조인 사재감 첨정 중 장령인 인봉仁峰 전승업全承業 선생이 중봉重峯 조헌趙憲 선생과 같이 창의倡義해서 청주전투에서 왜적을 물리치고 금산전투에서 조헌군사 700명이 모두 전사하였는데, 필자의 조상인 인봉仁峰 선생이 금산에 가서 700명의 순절한 의사들을 모두 한 곳에

묻어서 묘를 썼으니, 이를 칠백의총이라 한다.

인봉의 둘째 아들 의금부도사 징徵은 묘지가 진천에 있는데, 공이 몰歿한 뒤 340년 만에 후손이 이장移葬하려고 묘지를 파니, 시신이 썩지 않은 미라가 나왔고 부채와 모자 그리고 옥관자 등 많은 부장품이 나오고 일기책이 나왔는데, 읽어보니 임진왜란에 홍성 등지에서 일본군을 토벌한 기록과 정유재란에 남포, 홍산, 부여 등지를 오가며 왜군을 토벌한 기록이 나왔다고 한다. 당시 4대 일간지에 대서특필된 것을 필자는 어제의 일처럼 기억한다.

이렇게 옥천에 살면서 국난이 있을 때는 두려움 없이 창의倡義하여 외적과 싸우던 우리 조상들이었으니, 외적에게 많은 핍박을 받았을 것으로 사료되며, 인봉仁峰 선생의 손자들 때에 와서는 옥천을 떠나서 타지에 정착하게 되는데, 홍산 삼바실에 들어온 통덕랑 전세권全世權 공도 이때에 이사한 것으로 추정된다.

필자는 1948년생이니, 3살 때에 6.25전쟁을 통해 국가는 국가대로 말할 수 없이 피폐하였고, 개인은 개인대로 겨우 초근목피로 연명하였으니, 세계에서 가장 가난한 나라에서 어린 시절을 보냈다고 봐야 한다. 그래도 고향은 어린 시절의 추억이 모두 간직된 추억의 보고이다. 이를 하나하나 열거하면 다음과 같다.

당시 우리 집에는 소, 돼지, 염소, 닭 등의 가축을 사육했는데, 어린 시절 우리는 개구리를 잡아다 닭의 사료로 주었고, 아침에는 염소를 들에다 매고 저녁에는 집에 끌어와서 우리에 매었으며, 고마니라는 풀을 베어다가 돼지에게 주고 저녁에는 들에 매어있는 소를 끌어와서 외양간에 매는 일이 일이었다.

겨울에는 꿩을 잡는다고 꿩 약(싸이나)을 사다가 콩에 구멍을 파고 그 속에 약을 넣은 다음 초를 겉에 바르고 새벽에 산 밑의 꿩이 내리기 쉬운 밭에 늘어놓은 다음 저녁에 가서 꿩이 그 약을 먹었나를 확인하고, 혹 꿩이 그 약을 먹고 죽었으면 주워 와서 온 가족이 꿩고기 잔치를 하던 일이 있었고, 또한 산에다 토끼 덫을 놓고 새벽이 되면 그 높은 산에 놓은 토끼 덫에 토끼가 잡히었나를 확인하러 다녔는데, 이산 저산의 토끼가 많이 다니는 곳에 여러 개의 덫을 놓았기 때문에 새벽에 이산 저산을 넘어 다니며 이를 확인하였으니,

이런 과정에서 얼마나 많은 운동을 하였는지를 알 수가 있다.

아침에 혹 토끼를 잡았으면 "토끼 잡았다." 하고 소리를 지르면, 저쪽 산에서도 "토끼 잡았다." 하고 소리를 지르는 일이 많았다. 그리고 우리보다 나이가 많은 청년들은 노루 올무를 놓고 다니며 잡혔는가를 보았다고 하는데, 우리는 노루 올무는 놓지 않았다.

지금 같으면 모두 불법 수렵으로 법에 저촉되는 일이다. 그때도 물론 법에 저촉은 되었으나, 원체 못살던 시절이었기 때문에 이웃 사람들이 모두 눈감아 주었다고 생각한다.

여름에 비가 많이 오면 광주리나 체를 들고 냇가에 나가서 홍수를 타고 오르는 물고기를 잡았다. 광주리나 체를 물가 풀 섶에 대고 고기를 몰아서 뜨면 송사리, 중태기, 미꾸라지, 게, 새우 등을 잡았는데, 이렇게 물고기를 잡아와서 매운탕을 해먹는 것이 단백질을 보충하는 유일한 방법이었고, 그리고 당시는 고기를 사서 먹기가 어려운 시절인지라, 기름진 물고기 탕은 정말로 둘이 먹다가 하나가 죽어도 모를 정도로 맛있는 음식이었다.

당시는 "서리"라는 것이 있었으니, 무엇이냐 하면 동무들과 여럿이 밤에 몰래 수박밭에 가서 수박을 따다가 먹는 것을 "서리"라고 하니, 하나의 재미있는 문화였다고 봐야 한다. 서리를 당한 주인도 젊은이들이 장난한 일이라 생각하고 법에 고발하지 않는 것이 불문율이었으니, 이런 놀이들이 참으로 재미있는 어린 시절이었다.

하루는 으스름달밤에 산 넘어 상터라는 동네의 복숭아밭에 가서 자루에 가득 따와서 두고두고 먹다가 다 먹지 못하였는데, 복숭아가 부패하여 내다버린 일이 있었다. 이런 일이 모두 "서리"라는 장난으로 치부되었다. 뒤에 안 일이지만 복숭아 과수원의 주인이 복숭아 서리하는 것을 모두 알았지만 무서워서 나오지 못했다는 이야기까지 들은 일이 있다.

낮에는 논밭에 나가서 일하고, 저녁에는 마을 주위에 있는 묘지 마당에 나가서 노래도 부르고 하늘에 뜬 별을 보며 이야기꽃을 피우고 밤을 샌 일들이 주마등처럼 회상되는데, 이도 재미있는 추억의 하나이고, 같은 마을의 총각과 처녀들이 모여서 윷을 놀고 과자와 빵을 사다가 먹던 일 등 정말 많은 이야기가 있다.

돈을 번다고 산에 가서 유독을 베어다가 밤새 새끼를 꼬아서 인삼농사 짓는 곳에 팔아서 사친회비도 내고 공책도 사서 쓰던 일 등은 제법 살림에 보탬이 되는 일이었으니, 그때는 돈을 벌 수 있는 아르바이트할 곳이 없었으므로 겨울 삼동의 기나긴 밤에 계속 새끼를 꼬아서 어린아이의 손바닥이 다 달아서 피가 줄줄 흐르던 일도 있었다. 우리 동네는 이 유독새끼 꼬는 일로 경제에 많은 도움이 되었다고 생각한다. 지금은 유독새끼 대신 pvc새끼로 대체하여 쓰므로, 유독새끼를 꼬을 필요가 없는 시대이다.

필자는 어려서 초등학교를 졸업하고 서당에 들어가서 사서삼경을 배웠는데, 대학, 중용, 논어, 맹자, 시경 등을 아침에 서당으로 걸어가면서 처음부터 끝까지 줄줄 외웠는데, 지금 생각해도 어린 시절에는 꽤나 총명했다고 생각한다.

서당에서 공부할 때는 지티초등학교에서 도지사상(졸업식에 1등상)을 받은 친구보다 필자가 더 공부를 잘한다고 말씀하시던 훈장님의 말씀이 어제 일처럼 생생하다.

당시 시골에서는 파리와 모기가 기승을 부렸는데, 여름밤이 되면 마당가에 모닥불을 피우고 마당의 중앙에 모기장을 치고 그 안에서 캄캄한 밤하늘에 찬란히 빛나는 별과 은하수를 보는 것이 하나의 낙이었다. 어느 날은 하늘에서 별똥이 비가 쏟아지듯 줄이어 내리는 것을 많이 보았는데, 그 모습이 정말 아름다웠다.

지금 같으면 그 별똥의 운석隕石을 주워서 벼락부자가 될 수 있었겠지만, 그때는 운석을 산다는 소릴 들어보지 못했다. 그냥 보고 즐길 뿐이었다.

무더운 여름날 보리타작을 마치고 불을 피워서 보리터럭을 태운 뒤에 마당 주위에 있는 노랗게 익은 살구를 따서 먹던 일, 봄에 논에 모내기를 다한 뒤에 산에 가서 버찌를 따먹던 일 등은 농촌에서나 경험할 수 있는 일이었고, 하루 노동의 피로를 가볍게 씻어내고 영양도 보충하는 일석이조의 경험이었다고 생각한다.

이러한 어린 시절의 농촌생활이 그립다. 요즘의 도회지에서 자라는 어린이들에게도 이런 재미있는 농촌의 체험 프로그램을 개발하여 어린 시절을 낭만의 세계로 인도해야 한다. 되도록 다양한 체험을 통해서 정서를 개발해야 나중에 글감이 될 수도 있고, 역경을 이겨내는 인내의 힘도 기를 수 있다고 생각한다.

필자도 이런 어린 시절을 겪었기 때문에 지금 많은 책을 쓰는 작가가 되지 않았나 하고 생각한다. 그 어린 시절이 그립다.

고향은
그리움의 바다
산새 노래하는
평화의 나라

캄캄한 밤에는
별빛 빛나고
은하수에서는
별똥 비 쏟아진다.

온화한 주위의 산
한적한 논밭
푸르게 자라는
초목들

이 모두
평화의 나래이고
이 모두
생성의 나래이다.

50
향기

향기에는 여러 가지의 종류가 있다. 계속 맡아도 또 맡고 싶은 아름다운 향기가 있는가 하면, 한 번 맡으면 역겨워서 다시 맡고 싶지 않은 악취도 있는 것이다. 봄꽃의 화사한 향기가 있는가 하면 가을 국화의 강인한 향기도 있고, 여인의 부드러운 향기도 있는가 하면 남성의 강렬한 향기도 있다. 그러므로 사계의 향기와 강유强柔의 향기, 그리고 인고의 향기 등 각종 향기를 기술해 보려고 한다.

△ 봄의 향기

봄은 따뜻한 온풍의 향기와 아름다운 꽃의 향기로 대별한다. 우선 봄은 죽음으로 얼어붙었던 대지를 따뜻한 남풍으로 녹이고 봄날의 따스함이 온 대지에 스며들면 산야는 온통 꽃밭으로 변한다.

동장군이 물러가고 얼었던 대지가 녹으면 땅속에서는 벌써 싹이 터서 올라오고 산새는 둥지에 알을 낳고 새끼를 키울 채비를 한다. 이뿐인가! 물속의 물고기들도 어느새 따뜻한 봄을 노래하는 듯 신나게 유영을 하며 알을 까고 새끼를 부화한다.

농부는 밭을 갈고 아낙은 나물을 뜯으며, 아희들은 동구 밖에 나와서 신나게 뛰어논다. 이 모두 봄을 맞이하는 생물의 동작들로서 모두 봄의 향기를 마음껏 발산하는 것이다.

△ 여름의 향기

여름은 성장의 계절이다. 산림은 모두 녹음이 져서 울창함을 자랑하고, 논밭의 곡식은 마음껏 성장하여 꽃을 피우고 열매를 맺을 준비를 한다.

억수같이 쏟아지는 소낙비는 뇌성벽력과 함께 식물을 더욱 성장하게 하고, 태풍은 불어서 초목을 춤추게 하고 더 큰 비를 몰고 와서 하천을 풍요롭게 한다.

풍요로운 강하에는 어느새 물고기 살찌우고, 푸른 초원에는 송아지와 망아지 등 풀을 뜯어먹는 짐승들도 마음껏 살을 찌워서 오는 겨울을 대비한다.

사람들은 무더위에 지쳐서 산천으로 피서를 다니지만, 금수禽獸와 초목에게는 더없이 좋은 성장의 계절이니, 이런 일들이 모두 여름의 향기가 아니겠는가!

△ 가을의 향기

어느덧 초목에는 빨간 열매가 달리고 노란 곡식이 익어가는 가을이다. 1년의 성장을 마무리하는 계절이다. 조금 있으면 서리가 내려 푸른 잎은 말라서 떨어지고, 사람과 짐승은 벌써 겨울을 날 준비를 한다.

사실 초목도 서서히 겨울을 날 준비에 잎을 떨어뜨리고 온 몸의 기운을 온기가 있는 땅속으로 내려 보낸다.

서리는 초목에게는 저승사자와 같으니, 사실 1년의 성장을 마무리하는 작업인 것이다. 초목에 달린 열매를 먹고 다시 봄이 올 때까지 기다려서 다시 시작하라는 자연의 명령인 것이니, 이것이 가을의 명령이고 향기인 것이다.

△ 겨울의 향기

겨울이 되면 대지는 꽁꽁 얼고 천지는 눈과 얼음으로 덮인다. 세상 어디 생기라고는 찾아볼 수가 없는 것이다.

나무들은 모두 잎을 떨어뜨리고 줄기와 가지만 남아서 오돌오돌 떤다. 이는 탈육脫肉하는 것이니, 이렇게 해야만 겨우 가지만이라도 살아남을 수 있는 것이다.

북풍설한이 불면 짐승들은 모두 토굴 속으로 들어가고 파충류는 동면에 든다. 그러므로 겨울 삼동三冬은 인고의 세월인 것이다. 갖은 시련과 고통을 견디면 3개월 뒤에 반드시 따뜻한 봄이 찾아오니, 견디어 내라는 인고의 가르침이다.

겨울의 금강산을 개골산皆骨山이라고 하는데, 이는 뼈만 남았다는 것이다. 사람도 늙으면 뼈만 남고 살은 빠진다. 그러므로 늙은이가 살이 찌는 것은 비정상이다. 죽음을 앞두고 있으니, 탈육脫肉이 되어서 마른 강단을 보여주는 것이 아름다운 것이다. 이것이 겨울의 향기인 것이다.

△ 강한 남성의 향기

우리가 살아가는 세상은 음양으로 이루어져 있으니, 강함이 있으면 약함이 있고, 조燥함이 있으면 습濕함이 있으며, 불이 있으면 물이 있고, 남자가 있으면 반드시 여자가 있다.

여기서 말하는 강함이란 남성을 뜻하기도 하는데, 강직하고 힘이 불끈불끈 솟는 아름다움, 꿋꿋한 불굴의 의지의 멋, 우직하고 저돌적인 멋, 듬직하고 가볍지 않은 멋 등이 강함의 향기인데, 이는 남성으로 대표되는 우직함의 향기이다. 유약한 여성들은 이런 강함을 존중하고 아름답게 여기는 것이다.

△ 부드러운 여성적인 향기

유약함은 여성적인 아름다움이다. 그렇기에 여성은 골격이 남성보다 약하고 몸은 유연하다. 몸매는 부드러운 곡선으로 이루어져 있어서 매우 가냘픈 아름다움을 간직하고 있으니, 우직하고 강한 남성은 상대적으로 유약하고 부드러운 사람을 아름답게 여기고 좋아하는 것이다.

나무도 강한 나무와 유연한 나무가 있으니, 대나무는 강한 나무로 비록 부러질지언정 절대로 구부러지지는 않는다. 반면에 버드나무는 척척 늘어져 있어서 이리 흔들 저리 흔들 잘도 구부러진다. 그러므로 대나무는 강직한 선비에, 버들은 부드러운 여성에 비유하는데, 버들은 특히 화류계 쪽에서 일하는 여성에 비유한다. 이런 부드러운 것을 여성의 향기라고 하는 것이고, 남성은 이런 부드러운 여성을 좋아하는 것이다.

△ 꽃의 향기

꽃이 향기를 발산하는 것은 사실 벌과 나비를 부르는 몸짓에 불과하다. 그러나 사람들은 그 예쁘게 핀 꽃을 아름답게 여기고 좋아한다. 물론 꽃의 향기도 여러 가지 향기로 풍기어서 한마디로 말할 수는 없으나, 그러나 봄꽃의 향기는 싱그럽고 유약하며 아련한 향기를 풍기어서 사람들은 좋아하는 것이다.

꽃 중에서 향기가 가장 짙은 꽃은 밤꽃이고, 달콤한 향기가 많이 나는 꽃은 아카시아가 아닌가 생각한다. 싱그러운 5월에 아카시아 꽃이 만발하면 우리들의 코는 호사를 한다. 아파트 거실에 앉아서 문을 열어놓으면 자동적으로 아카시아 꽃의 향기가 찾아와서 코를 간지럽게 한다. 이 향기의 싱그러움은 여타 꽃의 추종을 불허한다. 왜 이렇게 아카시아 꽃의 향기가 좋은가! 생각해보니, 아카시아에는 꿀이 많이 들어 있어서 그 꿀의 향기가 먼 곳까지 퍼지는 것이다. 사람도 이런 꽃처럼 향기를 발산해야 한다.

△ 군자君子의 향기

군자는 학문을 많이 한 선비를 말하니, 인륜의 서書인 유학의 사서와 삼경을 모두 공부한 유학자를 말하며, 세상을 살아가는데 있어서 좌나 우로 치우치지 않고 중용中庸을 지키며 살기 때문에 누구에게도 비판을 받지 않는 인물이다.

이런 군자와 같이 앉아서 이야기를 나누다 보면 시원한 바람이 부는 것을 느낀다. 어느 날 필자는 충남 부여 곡부에서 훈학을 하는 서암 김희진 선생을 찾았는데, 선생께서 일박하고 가라고 간곡히 말씀하셔서 하루를 묵으면서 많은 이야기를 나누는데, 선생님 쪽에서 잔잔하고 시원한 바람이 나오는 것을 느끼고, 필자는 생각하기를 이것이 "호연지기浩然之氣"이다 하였다.

선생께서는 젊어서 큰 뜻을 품고 가정을 뛰쳐나와서 훈학을 하였는데, 강의료를 한 푼도 받지 않고 일평생을 훈학으로 보낸 사람으로, 평생을 사심 없이 사셔서 그런지는 몰라도 맹자가 말씀한 호연지기가 쉬- 하고 불어서 필자를 기쁘게 하였으니, 이것이 군자의 향기인 것이다.

△ 묵향

예부터 묵향은 선비들이 좋아했으니, 이는 공부를 많이 한 사람치고 붓글씨 공부도 같이 했으므로, 비교적 선비들이 모여 담화하는 곳에는 반드시 글씨도 쓰고 그림도 그려서 상호 주고받았으므로 이런 모임을 묵향이 있는 곳이라 하니, 이런 아름다운 모임을 "한창묵향寒窓墨香"이라 하여 식자들이 동경하여 마지않는다.

필자의 사무실에는 항상 묵향이 흐르는데, 어느 날 관리소 직원이 와서 하는 말, "위층 사무실의 주인이 냄새가 나서 골치가 아파서 죽겠다."고 신고하였으므로, 아래층인 우리 사무실을 방문하여 무슨 냄새가 나는지를 알려고 왔다고 하였다.

그래서 우리 사무실에서 나는 냄새는 묵향 밖에 없다고 하였더니, 알았다 하고 돌아간 일이 있는데, 필자는 황당해서 할 말을 잃었다. 세상에 묵향도 싫어하는 사람이 있구나! 하고 생각하였는데, 한편으로 생각하면 묵향은 옛 선비들이 좋아하는 향기인데, 요즘 사람들도 모두 묵향을 좋아하리라는 것은 하나의 편견이겠구나! 하고 빙그레 웃은 일이 있다.

△ 사향麝香

사향은 노루의 배꼽에서 나는 향기인데, 이 향기는 십리 밖에까지 퍼진다고 하는 향기로, 예부터 아름다운 여인들이 사향을 몸에 차고 있으면 그 향기를 맡은 뭇 남성들이 찾아온다고 하여 아주 귀중한 향으로 알려져 있고 가격도 매우 비싼 물건이다.

한방韓方에서도 쓰이는 약재로, 구하기가 매우 어렵다. 지금은 고급 화장품을 만드는데 많이 쓰이는데, 우리가 잘 아는 "우황청심환"의 주 재료가 사향이다.

그러므로 이 사향은 남녀의 사랑에 쓰이는 대표적인 향기로, 옛날에는 궁녀들이 왕의 환심을 사기 위해서 이 사향을 몸에 지니고 그 향기로 은근히 왕의 마음을 샀다고 하니, 매우 실용에 쓰이는 고마운 향기이다.

△ 소나무 향기〔松香〕

소나무의 이야기는 공자가 《논어》에서, "추워진 뒤에 소나무와 잣나무가 늦게 잎이 떨어지는 것을 안다.〔歲寒然後, 知松柏之後彫也."〕고 하여 항상 송백의 푸름을 찬양했는데, 이는 어렵고 힘든 상황이 되어야만 굳은 지조나 굳센 절개를 지닌 사람과 그렇지 않은 사람이 구별된다는 뜻이다. 그래서 소나무와 잣나무와 같은 기백과 지조를 지닌 사람을 '송백지조松柏之操' 라고도 한다.

'세한송백歲寒松栢' 을 말하는데 있어서 빠트릴 수 없는 사람이 있다. 세한도歲寒圖를 그린 추사秋史 김정희金正喜이다. 추사는 실사구시의 학문세계를 이룸과 동시에 자신의 혼이 담긴 예술의 경지를 완성하였다. 그러나 그는 정치적으로는 매우 불우한 인물이었다. 추사는 잦은 귀양살이를 통해 권력과 이익에 물들어 조변석개하는 세상인심의 변덕스러움에 엄청난 절망을 느꼈다.

추사는 그런 과정에서도 자신에게 변함없이 갖은 정성을 다한 제자 이상적李尙迪을 높이 평가하여 세한도歲寒圖를 그려서 그에게 보내주었다. 추사는 그림의 발문에서 "송백은 사철 내내 시들지 않는 나무로서 세한 전에도 같은 송백이요, 세한 후에도 같은 송백이다." 라고 하여 이상적을 꿋꿋하게 푸르른 송백으로 비유하였으니, 이것이 송백의 향기이다.

이상과 같이 많은 향기가 있으니, 이런 향기는 맡는 사람의 마음을 감동케 하기도 하고 흥분을 시키기도 한다. 그러나 더 큰 의미는 사람을 감화하여 개과천선하게 하는 것이 가장 큰 일일 것이다. 그러므로 우리들은 모두 아름다운 향기를 발산하는 사람이 되어야 한다. 행여 악취가 나는 사람이 되어서는 절대로 안 된다.

멀리 보이는 아지랑이
봄의 향기
빗속의 아련한 우림雨林
여름의 향기
붉은 햇살에 비취는
빛나는 붉은 사과
가을의 향기
한창寒窓 너머
하얀 개골의 나목들
겨울의 향기

부드러운 여성의 매력
남심男心 잡는 향기
강렬한 남성의 매력
여심女心을 끄는 향기
솔솔 부는 송풍松風의 향기
군자의 마음 끄는 향기이지.

51
화합

화합은 화목하게 합한다는 말이니, 나누고 갈라지지 않고 마음을 합하여 하나가 된다는 의미이다. 우리나라 조선에서는 '사색당파'라 하여 노론, 소론, 남인, 북인 등 네 개의 당파가 있었으니, 원래는 동인과 서인이었던 것이 동인은 남인과 북인으로, 서인은 노론과 소론으로 갈리었으니, 이를 사색당파라 한다.

지금도 '동서화합' 이라는 말이 있으니, 이는 동쪽의 경상도와 서쪽의 전라도가 화합한다는 말이다. 우리의 역대 정권을 살펴보면 자유당의 이승만 대통령은 황해도 출신이고, 내각제의 민주당의 국무총리 장면은 인천 출신이고, 대통령 윤보선은 충남 아산 출신이다. 다음의 박정희 대통령은 경북 출신이고, 전두환 대통령은 경남 합천이 고향이고, 노태우 대통령은 경북이며, 김영삼 대통령은 경남 거제이고, 김대중 대통령은 전남 신안이며, 노무현 대통령은 부산이고, 이명박 대통령은 경북 포항이며, 현 대통령인 박근혜 대통령은 박정희 전 대통령의 따님으로 경북이 고향이다.

위에서 보듯이 역대 대통령 중에서 거의가 경북과 경남이고, 타 지역은 초대 이승만 정권과 장면 정권, 그리고 김대중 대통령이다.

이렇게 고향이 경상도로 편중되어 있으니, 자연적으로 경상도가 먼저 발전할 것은 불문가지다. 이를 타파하려고 호남 사람들이 무척이나 노력하여 겨우 김대중 대통령을 당선시켰고, 또한 부산이 고향이지만 노무현 대통령은 호남에서 뽑아준 민주당의 정권이니, 이도 또한 호남의 대통령으로 봐야 한다.

우리 속담에 '손은 안으로 굽는다.' 라는 말이 있듯이, 대통령에 당선되면 자신의 학맥과 지연과 혈연을 봐서 여타 장관이나 기관장을 임명할 것은 불문가지이니, 자연히 대통령의 고향에 많은 투자를 할 것이고 그러므로 그 지역이 먼저 발전할 것이니, 그러므로 우리나라에서 경상도가 제일 많이 발전한 지역이다.

그런데 위에서 말한 논리는 소인이 정권을 잡았을 때의 이야기가 된다. 만약 대인大人이 정권을 잡았다면 절대로 지역과 혈연과 학맥의 편중된 인사를 하지 않고 적재적소에 딱 맞는 인재를 선택하여 정사를 맡길 것이므로, 모든 공직자는 국가 전체를 위해서 일을 하려고 노력할 것이다.

그러므로 나는 호남 사람이니, 호남에 많은 예산을 준다는 등의 일은 절대로 하지 않을 것이다. 이렇게 올바르게 일하는 것을 공의公義적이라고 하는 것이다.

이렇게 대인군자가 나와서 사심없이 정치를 해야 공무원이 따르고 온 국민이 따르는 것이니, 이런 정국에서는 영남도, 호남도, 충청도, 경기도가 없는 것이다. 오르지 국가의 안일과 발전을 위해서 전심진력할 것이니, 이렇게 되면 나라가 발전하고 평안하지 않을 수가 없는 것이다. 이것이 진정한 화합인 것이다.

일개 가정의 화합도 마찬가지이다. 가장이 중심을 잡고 사심없이 한 가정을 이끌 때는 한 가정의 구성원이 모두 가장의 말을 따라 일사불란하게 움직일 것이나, 행여 가장이 중심을 잡지 못하고 편협한 마음으로 이끈다면 가정의 구성원인 가솔들이 따르지 않을 것은 불문가지이다. 그러므로 진정한 화합은 사심私心 없는 중용中庸의 마음에서 나오는 것이다.

한 가정의 가장은
가정의 평안을 위해
모든 방법 동원하여
전심전력한다.

한 국가의 원수도
많은 국민의 안녕을 위해

밤잠을 설치며
노력한다.

여기에는
중용의 마음으로
편협함을 떨쳐야
진정한 화합과 행복이
찾아온다.

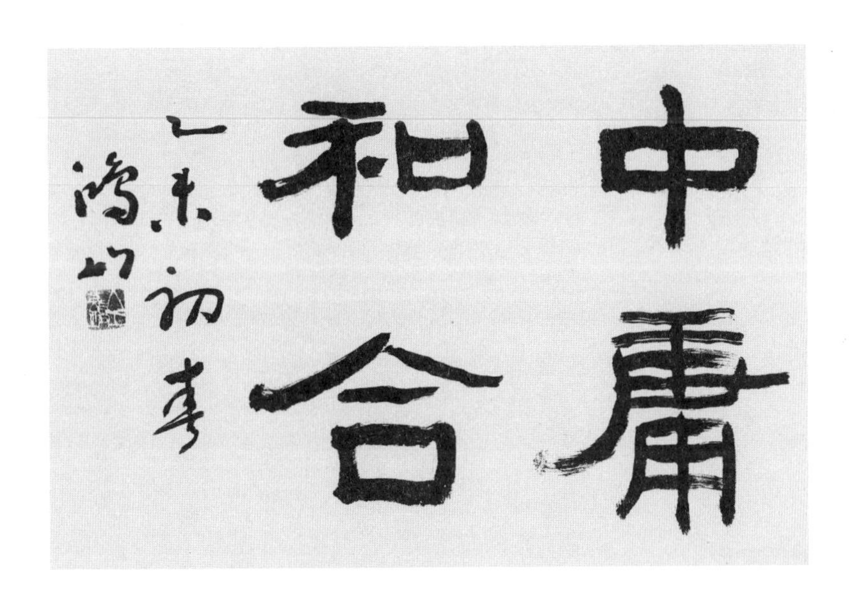

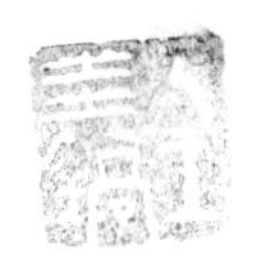

| 시서화詩書畵로 쓴 전규호 에세이 제3집 |

행복의 씨앗

초판 인쇄 ‖ 2015년 4월 20일
초판 발행 ‖ 2015년 4월 24일

지은이 ‖ 全圭鎬
편　집 ‖ 이명숙 · 양철민
발행자 ‖ 김동구
발행처 ‖ 명문당(1923. 10. 1 창립)
주　소 ‖ 서울시 종로구 안국동 17~8
우체국 010579-01-000682
전　화 ‖ 02)733-3039, 734-4798(영), 733-4748(편)
팩　스 ‖ 02)734-9209
Homepage ‖ www.myungmundang.net
E—mail ‖ mmdbook1@kornet.net
등　록 ‖ 1977.11. 19. 제1~148호

ISBN 979-11-85704-27-2 (03800)
정가 ‖ 9,800원